Marisa

Arnaque à Hollywood

Carol Higgins Clark

Arnaque à Hollywood

Une enquête de Regan Reilly

ROMAN

Traduit de l'américain
par Béatrice Taupeau

Albin Michel

Édition originale américaine parue sous le titre :
GYPPED
Publiée par Simon and Schuster Inc. New York en 2012

À Roz Lippel, mon éditrice et amie
qui m'accompagne depuis le début des aventures de Regan.
Quel plaisir de travailler avec toi !

Jeudi 4 octobre

1

À l'étroit dans une cabine d'essayage jonchée d'épingles, Regan Reilly examinait son reflet dans le miroir. Rien ne lui faisait davantage horreur que chercher une paire de jeans. Entre les pattes d'eph, les coupes larges, droites ou étroites, les teintes plus ou moins délavées, les tailles basses ou hautes, et les variantes de longueur, dégotter la bonne paire relevait du défi. Sans parler de l'éclairage épouvantable des cabines. Un vrai cauchemar, en somme.

On frappa vigoureusement à la porte. « C'est Turquoise. Vous avez trouvé votre bonheur ? » demanda une voix enjouée.

Regan jeta un œil à la pile de jeans qu'elle avait déjà éliminés. « Je crois », répondit-elle en tâchant de paraître enthousiaste.

« Quoi ? Parlez plus fort, je ne vous entends pas. »

Évidemment, avec cette musique qui nous casse les oreilles. « Oui, ça y est, reprit-elle.

– Super ! Vous me montrez ? »

Nous y voilà, se lamenta Regan *in petto*. Le moment que je

redoutais le plus. Je ne suis pas devin, mais je vois d'ici sa réaction. Elle ouvrit la porte.

La vendeuse, qui avait jugé nécessaire de préciser que Turquoise n'était pas son vrai prénom – sans blague ? – avait les cheveux noirs striés de turquoise. Son dégradé était des plus extravagants, alternant des mèches qui tombaient en cascade jusqu'à sa taille et d'autres de quelques millimètres à peine. Elle arborait un collier de cuir noir et une paire de jeans taille basse mal assortis. Elle posa un regard expert sur la tenue de Regan et décréta : « Fabuleux ! Oh, j'adorerais être aussi grande que vous !

– Un mètre soixante-dix, ce n'est pas si grand que ça, répondit Regan en souriant.

– Pour un petit bout comme moi, si ! Sans mes semelles compensées, dit-elle en montrant une paire de chaussures indescriptibles, je passerais totalement inaperçue au milieu d'une foule.

– Aucune chance », répondit Regan.

Turquoise se mit à rire en se balançant au rythme de la musique. « J'ai un autre modèle qu'il faut absolument que vous essayiez.

– Ça va aller. Je crois que j'ai ma dose pour aujourd'hui !

– Non, attendez au moins de le voir ! Je croyais que je n'en avais plus, mais j'en ai trouvé un dans l'arrière-boutique et il est à votre taille ! C'est le tout dernier ! Vous allez adorer. » Turquoise déplia ladite paire de jeans avec déférence et la montra fièrement à Regan. « Trop cool, non ? »

Au niveau des genoux, deux trous béants effrangés.

« Ce n'est pas ce que je recherche. »

Regan se sentit affreusement ringarde. Elle n'avait que trente et un ans mais, à côté de Turquoise, elle se faisait l'effet d'une centenaire.

« Tant qu'on n'a pas essayé..., dit Turquoise, les yeux pleins de malice.

– C'est vrai de beaucoup de choses, répondit Regan, mais je passe mon tour.

– D'acc'o'd'acc. Vous payez avec votre carte de crédit Trendsetters ?

– Non, merci.

– Vous en avez une au moins ?

– Non.

– Vous ne voulez pas la commander ? Elle donne droit à une réduction de dix pour cent.

– Non, vraiment. Mais merci. Je me rhabille et je file.

– Okay. Je vous attends à la caisse. »

Regan perdit l'équilibre en se changeant et se piqua le pied sur une des aiguilles qu'elle avait soigneusement évitées jusqu'à présent. « Aïe ! » maugréa-t-elle en se rattrapant sur le mur. Il faut que je sorte d'ici. Elle regarda si elle saignait avant d'enfiler le pantalon blanc dans lequel elle s'était sentie si élégante avant d'entrer dans la boutique. Turquoise lui demanda son adresse mail et son numéro de téléphone tout en encaissant. « Pour recevoir les informations sur les ventes Trendsetters.

– Je ne préfère pas.

– Sûre ? Vous risquez de louper des super-affaires. »

Je crois que je m'en remettrai, se dit Regan. « Certaine », répondit-elle en signant le reçu.

Turquoise glissa la paire de jeans pliée dans un sac en plastique. « Au plaisir », lança-t-elle avant d'aller accueillir une jolie quinquagénaire vêtue d'une tenue classique qui venait d'entrer dans le magasin.

Eh bien ma chère, je vous souhaite bien du plaisir, pensa Regan, en sortant sous le ciel de Californie. Puis elle chaussa ses lunettes de soleil.

Regan traversa le luxueux centre commercial à ciel ouvert dont l'inauguration avait fait le bonheur des accros au shopping de Los Angeles. Une fontaine, surplombée d'une imposante horloge de style moderne qui indiquait seize heures cinq, valait à elle seule le déplacement. La chaleur de l'air et la douce lumière de l'après-midi l'apaisèrent. Quel soulagement d'avoir quitté cette cabine d'essayage exiguë ! Il était temps de retourner à l'hôtel.

Regan Reilly, détective privé, vivait à Los Angeles à l'époque où elle avait rencontré Jack Reilly, chef de la brigade spéciale de la police de New York. À quelle occasion ? L'enlèvement du père de Regan, Luke, et de son chauffeur. Elle et Jack avaient travaillé main dans la main – avec l'équipe de Jack – pour les ramener à la maison sains et saufs. Depuis, ils ne s'étaient plus quittés. Les gens s'amusaient souvent de ce qu'ils portaient le même nom de famille – comme c'était pratique ! – et ne manquaient jamais d'ajouter qu'ils semblaient faits l'un pour l'autre.

Regan, brune aux yeux bleus et au teint pâle, était ce qu'on appelle une « Irlandaise noire ». Jack, quant à lui, mesurait un mètre quatre-vingt-sept et avait les cheveux châtain clair et les yeux noisette – un « très bel homme », selon les dires de Regan. Ils partageaient un appartement à TriBeCa, le triangle au sud de Canal Street, à New York. Regan avait grandi à Summit dans le New Jersey, où ses parents – Nora, célèbre auteur de polars, et Luke, propriétaire de trois entreprises de pompes funèbres – résidaient toujours. Luke se plaisait à rappeler que les deux tourtereaux s'étaient rencontrés grâce à lui. « Si je ne m'étais pas fait enlever... », plaisantait-il souvent, rayonnant de fierté. « Qu'est-ce que je ne ferais pas pour ma fille ! »

Ma vie a tellement changé depuis que j'ai quitté Los Angeles, songea Regan en se dirigeant vers le parking. Ça ne fait pourtant pas si longtemps ! En tout cas, cette petite visite me réjouit ! Et la présence de mon homme ne gâche rien !

Ils étaient arrivés la veille au soir, un voyage de dernière minute. Jack devait participer pendant quelques jours à un congrès organisé par la police de Los Angeles puis ils prendraient le large en amoureux dans leur voiture de location. Direction le nord, pour un week-end dans le pays du vin. Ou peut-être le sud, vers Baja. L'idée, c'était de voir où le vent les mènerait.

Regan décida de s'asseoir un instant sur un banc près de la fontaine d'où jaillissait de l'eau mais aussi – on n'arrête pas le progrès – de la musique. Puis elle chercha son téléphone dans son sac. Jack lui avait envoyé un texto. Pas étonnant qu'elle n'ait pas entendu le bip dans le magasin. Elle lut le message :

> La réunion va sûrement se prolonger. Organise un dîner avec un de tes vieux amis. Je t'aime. Jack.

Regan se sentit extrêmement déçue. Je ne devrais pas, pensa-t-elle. Après tout, c'est pour son travail que nous sommes venus ici. Elle rangea son portable et reprit la direction du parking. Devant elle, une femme mince, vêtue d'une jupe longue et d'une blouse paysanne, pressait le pas malgré les sacs de courses qui l'encombraient. Dans sa hâte, elle fit tomber un petit sachet. Regan le ramassa, la rattrapa et lui tapota l'épaule.

« Excusez-moi, vous venez de perdre ça. »

La femme se retourna. Elle portait de larges lunettes de soleil. « Hein ?

– C'est tombé d'un de vos sacs.

– Oh, merci ! C'est gentil à vous, dit-elle en posant ses courses. Je veux aller trop vite. » Elle récupéra son sachet et essaya de le caser avec le reste, en vain. « Oh, zut, marmonna-t-elle.

– Si vous allez à votre voiture, je peux vous aider, proposa Regan.

– Oh, non, ça va aller, répondit-elle tout en essayant de réorganiser le contenu de ses sacs. Je me débrouille. »

Les gens sont méfiants de nos jours, songea Regan. Je n'ai pourtant pas une tête d'arnaqueuse ! « Vous êtes sûre ?

– Certaine.

– Allez, un petit coup de main ! En souvenir du bon vieux temps !

– Quoi ? demanda-t-elle en levant les yeux vers Regan.

– Burbank, le studio de télévision ! *Pyramide*, le jeu ! Qu'est-ce qu'on a pu rire en attendant notre heure de gloire sur le plateau ! »

La femme se redressa. « Regan ? s'écria-t-elle.

– Zelda ! »

Elles s'embrassèrent puis ôtèrent leurs lunettes de soleil. « Je suis désolée, je ne t'avais pas reconnue », balbutia Zelda en repoussant sa crinière de boucles châtain clair en arrière. Des gouttes de sueur perlaient à son front. « Je suis tellement pressée.

– Ce n'est pas grave. Ça doit faire sept ou huit ans. Tu as l'air en pleine forme.

– Merci ! Toi aussi ! Dire qu'on est passées à ça du gros lot, l'une comme l'autre ! Tu te souviens de cet indice foireux que t'a donné ta partenaire quand tu jouais pour vingt mille dollars ?

– Comment oublier ?

– Tu étais à l'école de formation des détectives à l'époque. On a échangé nos numéros mais on ne s'est jamais recontactées.

– Je t'ai appelée une fois, répondit Regan sur un ton taquin, mais tu n'as pas donné signe de vie.

– C'est vrai. C'était tellement la pagaille dans ma vie. Au début, je l'avais vraiment mauvaise d'avoir perdu. Ensuite, je me suis dit que j'avais laissé passer trop de temps pour te rappeler.

– Je comprends.

– Mais ce ne serait pas une alliance que je vois là ?

– Si. Je vis à New York maintenant. On est de passage à Los Angeles pour le travail de mon mari.

– Génial ! Moi, je cherche toujours l'homme de ma vie. J'arriverai peut-être à le rencontrer avant mes quarante ans.

Ça ne me laisse que trois mois ! N'empêche, il y a eu de belles choses dans ma vie depuis la dernière fois qu'on s'est vues... »

Tout en rejoignant sa voiture, Zelda informa Regan qu'elle avait hérité de huit millions de dollars d'une vieille voisine qu'elle connaissait à peine.

« Huit millions de dollars ! s'exclama Regan.

– Tu imagines ? On vivait dans le même immeuble. Une solitaire. Je lui disais toujours bonjour quand on se croisait dans l'entrée, je lui tenais la porte, et, quand elle n'allait pas très bien, je lui proposais de promener son chien. Elle a accepté plusieurs fois mais en revanche elle a toujours refusé de venir prendre ne serait-ce qu'une tasse de thé chez moi. Quand elle est morte, j'étais déjà étonnée qu'elle me laisse quelque chose, alors une telle somme... C'était un chouette immeuble, mais pas le genre d'endroit où on s'imagine que la voisine de palier a huit millions sur son compte en banque.

– Je suppose que ça compense le fait d'avoir perdu au jeu télévisé.

– Tu l'as dit ! » répondit Zelda en riant de bon cœur.

Ce qui ne manqua pas de replonger Regan quelques années en arrière, dans le studio de télévision, où chaque indice mal choisi avait fait l'objet d'un commentaire bien senti. Les deux jeunes femmes, qui avaient prié pour faire équipe avec Betty White, n'avaient pas été exaucées.

« Depuis quand es-tu multimillionnaire ?

– Un peu moins d'un an. » Arrivées à la Mercedes de Zelda, elles chargèrent les sacs dans le coffre. « Écoute, Regan, je dois me dépêcher. Je passe la semaine dans un vieux manoir sur les collines de Hollywood. Je crois qu'il est inhabité depuis des années. J'ai gagné un séjour d'une semaine là-bas lors d'une vente aux enchères au profit d'une association caritative. Gagné, c'est un bien grand mot, personne n'en voulait. J'y organise un dîner ce soir. Pourquoi tu ne viendrais pas avec ton mari ?

– Jack travaille.

– Dans ce cas, viens toute seule. L'endroit vaut vraiment le détour. Il y a des chemins de randonnée tout près. Je comptais proposer une promenade au clair de lune après le dîner si les gens se sentent d'attaque.

– Super idée, Zelda. À quelle heure ?

– Vingt heures.

– J'y serai, répondit Regan en notant l'adresse. C'est drôle de se rencontrer comme ça.

– C'est le destin, Regan. J'en suis convaincue. J'ai étudié le cosmos. Il n'y a pas de hasard. Je le dis tout le temps à mes élèves.

– Tes élèves ?

– Je suis coach de vie. Je te raconterai ça ce soir. Je te dépose à ta voiture ?

– Non, merci. Je suis garée au niveau inférieur. C'est plus simple d'y aller à pied.

– D'accord. À plus tard. »

Ouah ! Quelle histoire ! songea Regan en faisant au revoir de la main tandis que Zelda sortait en marche arrière. Puis elle tourna les talons. Aussitôt, un homme grand et débraillé qui débouchait d'une cage d'escalier latérale en jetant des regards nerveux autour de lui attira son attention. Il portait une casquette, des jeans et tenait un trousseau de clés à la main. Regan le suivit des yeux : d'un pas vif, il descendit une allée, remonta la suivante et tenta d'ouvrir la portière avant d'une petite voiture côté passager. En vain. Il emprunta dare-dare une autre allée, essaya de nouveau la clé, sans plus de succès.

Qu'est-ce qu'il fabrique ? Il ne chercherait pas à voler une voiture ? se demanda Regan. La plupart des gens ont quand même une petite idée de l'endroit où ils se sont garés. Elle le fila discrètement tandis qu'il parcourait les allées en regardant autour de lui. Puis il se dirigea vers l'escalier principal qu'il dévala quatre à quatre. Le cœur battant, Regan le suivit au niveau inférieur où il poursuivit son manège. Elle tâcha de rester à distance mais, au moment où il revint sur ses pas en direction de la cage d'escalier, il sembla remarquer sa présence et s'arrêta net. Il leva les yeux. Leurs regards se croisèrent.

Les gens qui retournaient à leur voiture sans se presser ne semblaient pas se rendre compte de ce qui se passait. Je ne dois pas mettre qui que ce soit en danger, se dit Regan en changeant de direction. L'instant d'après, elle tourna la tête.

Il avait disparu.

Regan se précipita à la recherche du bureau de la sécurité.

2

Quel plaisir de revoir Regan, songea Zelda en montant les collines de Hollywood, la radio à fond. Si nous passions un peu de temps ensemble, je suis certaine que nous deviendrions amies. Je devrais aller à New York un de ces quatre. Non, je vais aller à New York, rectifia Zelda en souriant. C'est bien d'avoir de l'argent. J'ai du mal à m'y faire !

Elle s'apprêtait à changer de station quand la sonnerie de son téléphone interrompit une publicité des plus agaçantes pour un remède contre les problèmes de digestion. Elle jeta un coup d'œil sur le tableau de bord : c'était son père. Elle actionna un bouton sur le volant.

« Salut, papa ! Comment tu trouves Las Vegas ? Vous vous êtes bien amusés hier soir avec Bobby Jo ?

– Bonjour, ma chérie, fit Roger Horn de sa grosse voix. Oui, on passe un moment merveilleux ! Grâce à ta générosité !

– Tant mieux, répondit Zelda d'une voix faussement enthousiaste. Je tenais à ce que tu fêtes de nouveau ton anniversaire comme il se doit. »

Suite au décès de sa femme quatre ans plus tôt, Roger avait été très seul. Ses amis avaient proposé de lui arranger quelques rendez-vous galants, mais il ne voulait pas en entendre parler. Il prenait son petit-déjeuner avec ses copains à la cafétéria du coin et faisait sa promenade quotidienne de trois ou quatre kilomètres avant de rentrer dans son mobile home à Santa Maria où il passait le reste de la journée à lire le journal et à regarder la télévision. Zelda espérait que, d'une manière ou d'une autre, il retrouverait l'âme sœur. Voilà trois mois, ses prières avaient été entendues. Il avait rencontré Bobby Jo dans une station-service où, incapable de faire fonctionner une pompe, elle avait sollicité son aide. Étant du genre serviable, il s'était exécuté. Depuis, elle ne l'avait pas lâché d'une semelle.

Zelda s'était souvenue un peu tard qu'il faut toujours se méfier de ce qu'on souhaite. Malgré tout, elle tâchait de rester fidèle à son optimisme et à sa fameuse devise : « Il n'y a pas de hasard. » Ce qui n'était pas si simple. « As-tu eu la main heureuse au jeu ? demanda-t-elle gaiement.

– Au jeu, non. Mais en amour...

– Que veux-tu dire ? »

Zelda mit son clignotant et s'engagea dans l'allée escarpée de la propriété des Scrump, pas mécontente d'être enfin arrivée.

« Bobby Jo et moi, on a échangé nos vœux.

– Quoi ? » s'écria-t-elle en levant les mains au ciel.

La voiture commença à virer en direction des bois. Zelda s'agrippa au volant, donna un coup d'accélérateur et parvint à reprendre le contrôle de sa Mercedes.

« Tu m'as bien entendu, ma chérie. Hier soir, on fêtait mon anniversaire ; c'était formidable. Le champagne, les machines à sous… et puis le bandit manchot aligne une combinaison de deux anneaux ; Bobby Jo se tourne vers moi, me regarde de ses grands yeux noirs et me dit : "Il m'en faut un troisième." Un véritable numéro de séduction, en somme ! »

C'en est trop, songea Zelda, prête à se boucher les oreilles.

« Alors, j'ai dit, bon, qu'à cela ne tienne ! » Roger éclata d'un rire tonitruant. « On est comme des mômes ! Je n'aurais jamais pensé retrouver un tel bonheur. »

Oh, mon Dieu, se dit Zelda, remarquant à peine que l'entretien de la pelouse et des arbustes laissait à désirer tandis qu'elle approchait de la maison.

« Et ni une ni deux, voilà qu'on prend un taxi, direction la première chapelle de mariage. On n'a même pas eu à descendre de voiture. Je suis navré que tu aies raté la cérémonie, ma chérie. »

La cérémonie ? hurla Zelda intérieurement. À l'arrière d'un taxi !

« C'est le chauffeur qui nous a servi de témoin. Je lui ai donné un bon pourboire. »

Zelda venait de dépasser la fourgonnette du traiteur à l'arrière de la maison. La nouvelle l'avait ébranlée. Si Bobby Jo le rend heureux, je devrais l'être aussi, se raisonna-t-elle. Pauvre maman ! Elle doit se retourner dans sa tombe. Elle qui était si douce, si discrète. Tout l'inverse de cette bonne femme. Mais peut-être que c'est mieux comme ça, après tout.

Quand même, ils se sont rencontrés il y a tout juste trois mois ! Grâce à moi, en plus !

En juillet dernier, Zelda avait sauté dans un avion pour Santa Maria afin de passer le week-end avec son père. Quelques heures après être arrivée, elle avait décidé de se doucher avant de sortir dîner. Roger, qui ne tenait pas en place, était allé prendre de l'essence. Il était revenu avec Bobby Jo.

« Ça ne te dérange pas, chérie, que cette charmante personne se joigne à nous ? » avait-il demandé à Zelda. La question était purement rhétorique. « Elle rentre à Santa Barbara après un petit séjour à San Francisco, et Dieu qu'elle est drôle ! » avait-il ajouté en se tenant les côtes.

Sur le moment, Zelda, ravie de voir dans les yeux de son père une étincelle disparue depuis ce qui lui semblait une éternité, n'avait rien trouvé à redire. Comment l'aurait-elle pu ? Ne l'avait-elle pas encouragé à sortir et à rencontrer des femmes l'après-midi même ? Elle ne s'attendait pas à ce qu'il passe à l'action aussi vite.

La soixantaine, vigoureuse et séduisante, Bobby Jo portait les cheveux très courts et décolorés. La première fois que Zelda l'avait vue, elle était vêtue d'un maillot de bowling – incroyable mais vrai –, d'un short vert et de baskets. Elle n'avait pas lésiné sur les bijoux : créoles rouges, multiples colliers, montre en or, bracelet en bois coloré. Son maquillage, en revanche, se résumait à un rouge à lèvres orange.

Si Bobby Jo ne semblait pas être le genre de son père – sans compter qu'il l'avait ramassée dans une station-service –, Zelda n'avait vu aucun inconvénient à ce qu'elle se joigne à eux. Au début, tout au moins. Car lorsqu'on avait desservi les hors-d'œuvre, elle avait eu la nette impression que Bobby Jo l'aurait volontiers vue disparaître avec les assiettes, histoire de rester en tête à tête avec le beau Roger qui, à soixante-dix ans, était encore plein d'entrain. Zelda avait essayé de comprendre : si elle-même rencontrait un homme qui lui plaisait, elle n'apprécierait pas que son enfant soit là à leur premier rendez-vous.

Mais quand même.

Et maintenant ils sont mariés !

« Chérie, je te passe ta belle-mère pour que tu la félicites ! »

Ma belle-mère ! Au secours !

« Coucou, mon chou ! s'exclama Bobby Jo de sa voix rauque.

– Eh bien, pour une surprise ! bafouilla Zelda. Tout le monde ne peut pas se vanter d'avoir un père qui se marie à Las Vegas ! »

Bobby Jo partit d'un grand éclat de rire.

Pas si drôle que ça, pensa Zelda, en essayant pourtant de donner le change. Pas drôle du tout, même. « Félicitations. Je suis très heureuse pour vous. » Les mots avaient du mal à sortir.

« Merciiiiii ! Bon, je ne m'attends pas à ce que tu me considères comme ta mère… »

Elle a perdu la tête, ou quoi ? se demanda Zelda.

« … mais j'espère qu'on va devenir amies. Après tout, nous aimons toutes les deux ton père comme personne… Roger, embrasse-moi… »

Comment est-ce arrivé ? se désespéra Zelda en les entendant se bécoter.

« … et je te promets que je vais prendre bien soin de lui, pour la vie.

– Super, Bobby Jo. Il faut que j'y aille. J'organise une fête ce soir dans le manoir dont je vous ai parlé. » Mais Bobby Jo avait sûrement oublié. Pour changer. « Tu peux me repasser mon père ?

– Bien sûr. Bisous bisous !

– Bisous, répondit Zelda dans un souffle tandis que Bobby Jo tendait le téléphone à Roger.

– J'espère que tu ne m'en veux pas de m'être marié sans que tu sois là ; j'aurais au moins pu t'en parler avant. »

Elle préféra mentir :

« Mais non, je ne t'en veux pas.

– Tant mieux, répondit-il doucement. Parce que si j'y avais trop réfléchi, je n'aurais peut-être pas sauté le pas. Et je suis si content de l'avoir fait. » Il marqua une pause. « Je sais que tu veux me savoir heureux. Je le suis, et ce qui me réjouit tout particulièrement, c'est que tu vas enfin pouvoir arrêter de te faire du souci pour moi. On en a vu toi et moi pendant la maladie de maman. Tu t'es tellement bien occupée d'elle. Et depuis qu'elle est morte, tu es aux petits soins avec moi. Il faut que tu profites de ta vie maintenant.

– Oui oui.

– Il est temps que tu rencontres un homme qui saura t'aimer et prendre soin de toi comme tu le mérites.

– Merci papa, répondit Zelda, la gorge serrée, les larmes aux yeux. Je suis heureuse pour toi, vraiment.

– Ma petite fille chérie.

– J'ai hâte de te voir. On va organiser une réception en ton honneur à Santa Maria. Avec tous tes amis. On discutera de tout ça quand tu seras rentré chez toi.

– Pas besoin d'attendre jusque-là.

– D'accord, mais pas maintenant. Je dois y aller. Ce soir, il y a ma fête. Le traiteur est déjà là.

– Ce que je veux dire, c'est qu'on pourrait en parler de vive voix. On pensait prendre la route pour Los Angeles demain à la tombée de la nuit. Histoire de passer quelques jours avec toi, si ça ne te dérange pas. Ce n'est pas tous les jours qu'on peut dormir dans un manoir, si délabré soit-il. Bobby Jo et moi, on est d'humeur à faire la fête !

– Ouais ! s'écria Bobby Jo derrière Roger. Allons faire la fête ! You-hou ! »

Zelda s'effondra sur le volant.

3

Regan retourna au rez-de-chaussée en quatrième vitesse. Elle ne savait pas où aller. À gauche, vers le parking ou à droite, en direction du centre commercial ? Elle décida de sortir et repéra un bureau d'informations vers lequel elle se précipita.

Un jeune homme, vêtu, coiffé et parfumé avec le soin qu'imposent les fonctions d'accueil dans un grand magasin, discutait au téléphone. Sur la poche de poitrine de son blazer foncé, un badge indiquait son prénom : Edward. Regan essaya de capter son attention. D'un geste, il lui signifia de patienter un instant. Mais enfin, il ne voit pas que c'est important ? Elle jeta un regard agacé autour d'elle. Il y avait bien une deuxième chaise mais elle était inoccupée. Restrictions budgétaires ou petite pause ? Petite pause, à tous les coups.

« Désolé, dit Edward en raccrochant. En quoi puis-je vous être utile ?

– Je sors du parking. J'ai remarqué un homme au comportement suspect. Il avait un trousseau de clés à la main et a essayé d'ouvrir deux voitures avant de prendre la fuite. Il cherchait manifestement à voler un véhicule. »

Edward fronça légèrement les sourcils mais l'éventualité qu'un criminel rôde dans les parages ne sembla pas l'émouvoir plus que ça. « Ah, fit-il en tripotant machinalement les ongles impeccables de sa main droite. Je peux vous conduire à la sécurité mais ma collègue n'est pas là pour l'instant.

– Dites-moi où c'est, alors », s'impatienta Regan.

Il me prend pour une folle. Ça devrait l'inquiéter un minimum, non ?

La porte de service s'ouvrit, laissant apparaître sa collègue, une tasse de café fumant à la main. « Encore trois heures avant la fin de la journée », grommela-t-elle en entrant.

Edward lui adressa un large sourire. « Tu tombes à pic, Tara ! Je reviens dans un instant », dit-il en se levant.

Regan le suivit jusqu'au local de la sécurité située au rez-de-chaussée du parking, où des écrans de contrôle diffusaient les images des caméras installées à chacun des six niveaux. Edward la présenta au garde qui mangeait un sandwich derrière son bureau.

Elle lui répéta son histoire, ce qui le laissa perplexe. « Il faut un ticket pour sortir du parking, expliqua-t-il. Sans ticket...

– Je suis détective privé. Je repère les comportements étranges plus facilement que monsieur Tout-le-monde, déclara Regan le plus poliment possible, et je sais ce que j'ai vu : je ne crois pas que je grossis les faits. Vous voulez son signalement ?

– Pourquoi pas ? » fit-il en sortant un stylo d'un tiroir.

Regan partit quelque peu dépitée. La réaction d'Edward, tout comme celle du garde, était absurde. Ils n'avaient aucun intérêt à ce que le lieu soit catalogué comme étant facile à braquer. Ça ferait fuir les gens et ils perdraient leur boulot, ni plus ni moins.

De retour à sa voiture, Regan répondit au texto de Jack. Elle l'informa de ses projets pour la soirée mais se garda d'évoquer ce qui venait de se passer. Inutile de l'inquiéter.

En chemin vers le Island Hotel – établissement de luxe qui venait d'ouvrir près de Rodeo Drive au cœur de Beverly Hills –, elle retrouva le sourire. J'ai hâte de raconter mon après-midi à Jack, songea-t-elle. Je parie qu'il sera de mon avis à propos de ce type. En revanche, je vais avoir droit à ses taquineries sur mon shopping ! Ce qui est sûr, c'est qu'il sera ravi de savoir que j'ai quelque chose de prévu ce soir.

Une fois devant l'hôtel, Regan confia les clés au voiturier puis traversa le hall spacieux, tout de marbre étincelant, où les membres du personnel la gratifièrent d'un bonjour. Elle passa devant le bar où les clients, à peine sortis du travail, affluaient déjà. Dans sa chambre située au cinquième étage, elle se déchaussa après s'être débarrassée de son sac à main et de ses courses, puis elle prit la bouteille d'eau sur la table de chevet et se servit un verre. Les tons abricot de la moquette et des tentures, et le calme qui régnait dans la pièce insonorisée l'apaisèrent. Un havre de paix, comparé à la cabine d'essayage.

Je crois que je pourrais m'habituer à vivre dans un hôtel

comme celui-ci, songea-t-elle. Au moins pour un temps. Ce n'est pas désagréable de retrouver une chambre impeccable alors qu'on est parti en laissant le lit défait et le plateau du petit-déjeuner.

Je devrais me sentir plus détendue, mais je sais bien ce qui me tracasse.

Regan alluma son ordinateur portable sur le bureau et lança une recherche sur les vols de véhicules. Un article expliquait qu'on atteint des records au nouvel an. Après une nuit de réjouissances, les gens appellent un taxi et vont cuver leur vin chez eux. Lorsqu'ils reviennent, plus de voiture. Et c'est parti pour un deuxième mal de tête ! Quant aux bonnes résolutions du genre « cette année, je positive », elles partent en fumée.

Regan fit défiler la page. Les voleurs de voitures doivent l'avoir mauvaise quand une tempête de neige éclate à la Saint-Sylvestre. Si les gens restent chez eux, ça n'arrange pas leurs affaires.

Pourquoi je n'arrive pas à oublier ce type ?

Regan parcourut plusieurs autres articles mais n'apprit pas grand-chose. Les voitures de luxe ne sont généralement pas les modèles les plus recherchés. Les véhicules de milieu de gamme que l'on trouve à chaque coin de rue sont revendus en pièces détachées. Aujourd'hui, les dispositifs de localisation facilitent les recherches mais uniquement si les gens se rendent compte rapidement que leur voiture a disparu. Si on vous la vole alors que vous vous installez tranquillement devant un film de trois heures avec votre seau de pop-corn, c'est peine perdue. Au moment du générique de fin, estimez-vous heureux si vous arrivez à récupérer l'allume-cigare.

Bon, pensa Regan, de toute façon, je ne peux rien faire de plus. J'ai laissé mon numéro au vigile. S'il manque une voiture à la fin de la journée, il pourra toujours m'appeler. Je n'aurai aucun mal à identifier le bonhomme.

Regan se leva, tira le dessus-de-lit et le posa plié sur la méridienne. Quelques minutes de repos ne me feront pas de mal, se dit-elle. Il y a trois heures de décalage avec New York ; je ne voudrais pas être trop fatiguée à la soirée de Zelda. Ensuite, je prendrai une douche.

Elle enfila un peignoir en tissu-éponge blanc portant la griffe de l'hôtel puis alla s'allonger. Bientôt elle s'endormit, le calme de la chambre faisant son œuvre.

Mais rien ne pouvait la protéger de ses rêves.

Elle courait dans le noir, poursuivie par un homme. Où était-elle ?

Et où était Jack ?

4

Un peu confuse, Zelda courut vers la porte de derrière, chargée de sacs de courses. Quand je pense que papa débarque avec Bobby Jo. Ils auraient pu me laisser un peu de temps pour m'habituer à l'idée qu'ils sont unis par les liens sacrés du mariage. Dans moins de vingt-quatre heures, ils passeront le seuil de ma porte, sauf que ce n'est pas chez moi ici. Sans compter que j'attends des clients. Quand ils auront vu Bobby Jo, ils ne voudront plus jamais de mes conseils.

Zelda posa ses paquets par terre et retourna à la voiture pour récupérer le reste de ses achats. Quand je vais raconter ça à Regan, songea-t-elle en fermant le coffre, je sais qu'elle me comprendra. Ça m'étonnerait qu'elle ait vécu ce genre de choses mais elle est fille unique, comme moi. C'est formidable de ne pas avoir à partager l'attention de ses parents mais le revers de la médaille, c'est qu'on est seul à bord. Et vogue la galère !

Elle poussa enfin la porte et pénétra dans l'immense cuisine tout en longueur. Les appareils ménagers roses datant des années cinquante qu'elle avait trouvés extra avant d'aller au centre commercial lui apparurent à présent tels qu'ils étaient : vieux et délabrés.

On y voit plus clair dans les moments de crise !

Tout à coup, mille questions lui vinrent à l'esprit. Qui sont les Scrump ? Ils ne vivent pas ici, ils n'entretiennent pas les lieux, pourquoi diable ne vendent-ils pas ? C'est une belle propriété, à deux pas d'un chemin de randonnée. S'ils n'étaient pas trop gourmands, je suis certaine qu'ils pourraient s'en débarrasser. Les acheteurs feraient probablement démolir la maison, ne serait-ce que pour changer les canalisations ! L'eau coule jaune pendant des heures tellement elles sont rouillées. Maintenant que j'y pense, je ferais bien de monter me faire couler un bain. Ça m'aidera à me détendre avant l'arrivée de mes invités.

Et puis, où sont les extras ? Des plateaux de hors-d'œuvre étaient disposés sur la table. Les feuilletés aux saucisses, tout appétissants qu'ils fussent, ne lui rendirent pas le sourire. Sur le sol couvert de linoléum jaune, des cartons pleins de nourriture et des caisses de vin. Bien. Mais où sont-ils tous passés ? Tout à coup, elle eut une intuition.

Elle traversa la cuisine dont le sol grinça sous ses pas, descendit le couloir sur la pointe des pieds et jeta un coup d'œil dans le salon. À l'autre extrémité de l'immense pièce, debout devant une impressionnante cheminée où était accroché le portrait d'une garçonne dansant le swing, son assistant, Norman, sermonnait quatre jeunes gens assis sur des chaises pliantes. Oh, Norman, songea Zelda, détends-toi. Ces derniers temps, lorsqu'il devait recevoir les gens à sa place, il avait tendance à les prendre de haut, ce qui n'était guère productif. Que dis-tu de ça ? Tu es coach de vie, tu essaies d'aider les gens à se sentir mieux dans leurs baskets pour que le monde tourne plus rond, et tu gardes un assistant crispant comme pas deux !

Et puis zut ! C'est la vie, se dit Zelda en regagnant sa chambre. J'ai d'autres chats à fouetter !

« Tout doit être parfait », répéta Norman pour la quatrième fois en ajustant son nœud papillon et remontant ses lunettes à monture d'écaille. « Vraiment parfait. » Il tapota l'arrière de son crâne comme pour s'assurer que les rares cheveux blonds qui lui restaient étaient toujours là.

Depuis que Zelda avait reçu cette manne financière inespérée, Norman, trente-trois ans et mince comme une feuille de papier à cigarette, l'avait aidée à organiser sa vie. Lui qui avait vécu dans le même immeuble qu'elle, juste au bout du couloir, passait aujourd'hui de nombreuses nuits à méditer sur sa déveine. Il n'aurait jamais proposé à leur vieille voisine de sortir son chien ! Le jour où il avait emménagé, ce satané clébard avait déboulé dans le couloir et uriné sur ses provisions. Après ça, il avait tourné les talons chaque fois qu'il voyait arriver le chien ou sa maîtresse, dont la fortune lui était passée sous le nez par la même occasion. À présent, il n'était pas rare de croiser Norman dans le quartier, occupé à promener trois ou quatre toutous à la fois. Leurs propriétaires étaient tous des seniors et il ne leur demandait pas un sou.

Si Norman aimait bien travailler pour Zelda, il ressentait le besoin de trouver sa propre voie. Depuis qu'on l'avait complimenté sur ses talents d'interprète dans un bar karaoké, il prenait des cours de chant en secret. D'après son professeur, il avait une belle voix et un réel potentiel, mais peut-être lui tenait-elle ce discours pour qu'il revienne semaine après semaine. Machinalement, il s'éclaircit la gorge. « Et n'oubliez pas : soyez toujours polis avec les invités, même si vous les trouvez désagréables. Tout en gardant vos distances. Inutile de vous mettre à discuter avec eux. Restez discrets. Après les amuse-bouches, nous dresserons le buffet. Puis nous finirons avec le café et les desserts. Ça va être une jolie fête. Exactement comme Mlle Zelda le souhaite. »

Les quatre extras – deux hommes et deux femmes que Norman avait pour ainsi dire pris en otages – étaient tous des comédiens en herbe qui avaient là une occasion toute trouvée de tester leur talent en faisant mine d'être intéressés par ce qu'ils savaient déjà.

Maggie, actrice de genre qui avait travaillé comme extra aux quatre coins de Los Angeles, avait toutes les peines du monde à dissimuler son antipathie. *Mademoiselle* Zelda. Au secours ! La soirée va être interminable, soupira-t-elle. Ça ne fait pas dix minutes que je suis là et ce type avec sa veste en tweed et ses chaussures ridicules me tape déjà sur le système. Et c'est quoi, cet endroit ? Le salon rouge pétant a dû être super en son temps, mais un bon coup de peinture, ce ne serait pas du luxe ! Les proprios vont dire qu'une semaine de location leur aurait rapporté vingt mille dollars et obtenir une déduction fiscale en récompense de leur générosité. Tu parles d'une œuvre de charité ! C'est du racket !

« Des questions ? demanda Norman. Non ? Rien d'autre ? »

Maggie leva la main. « Le sorbet doit être en train de fondre à l'heure qu'il est », dit-elle sur un ton faussement inquiet en jetant un œil en direction de la cuisine.

Norman tiqua. « Nous n'aimerions pas que ça arrive, n'est-ce pas ?

– Sûrement pas, répondit Maggie sur un ton grave tandis que ses collègues la regardaient d'un air amusé. Nous voulons que tout soit parfait.

– Dans ce cas, allez-y, fit Norman avec un sourire forcé. Oh, mais d'abord, je voudrais vous faire signer un engagement de confidentialité. »

Maggie faillit éclater de rire. On aura tout entendu ! Comme si on allait servir le tout-Hollywood ce soir ! On n'est pas aux Oscars ! Ce type est en plein délire. Quand je vais raconter ça aux copains ! Soudain, une pensée lui vint à l'esprit.

Et s'il n'était pas fou ? Il cache peut-être quelque chose…

5

Regan se réveilla en sursaut, le souffle court. Elle se demanda un instant où elle se trouvait avant de se rappeler : l'hôtel à Beverly Hills. Dieu merci, songea-t-elle. Quel rêve étrange !

L'horloge près du lit indiquait dix-huit heures quinze.

Elle se sentait étrangement patraque et se leva pour prendre une douche. En pareil moment, elle aurait donné n'importe quoi pour que Jack soit à ses côtés. Elle avait hâte de le retrouver.

La salle de bains, spacieuse, ne comptait pas moins de quatre interrupteurs. Regan régla les variateurs de lumière à sa convenance. Quel luxe, songea-t-elle en admiration devant le marbre moucheté d'abricot, de blanc et de beige. Il y avait deux vasques encastrées, une baignoire, une cabine de douche et des toilettes séparées.

Le top du raffinement ! On est aux antipodes des W.-C. extérieurs qu'on trouve dans les campings ! Pourquoi je pense à ça, moi ? se demanda Regan. Elle se tourna brusquement et alla actionner le bouton NE PAS DÉRANGER près de la porte qu'elle bloqua avec la chaîne. Ça devrait tenir le croque-mitaine à distance ! songea-t-elle en repensant aux histoires d'épouvante qu'elle et ses copines se racontaient la nuit, grelottant de froid dans leurs sacs de couchage. Après trois jours à la dure, Regan, du haut de ses dix ans, n'avait qu'une idée en tête : rentrer chez elle. Elle avait eu son content de tambouilles, de feux de camp, de jus de fruits coupés à l'eau et de bombes insecticides.

Regan, qui avait pourtant déjà utilisé la douche multi-jets, ne savait toujours pas quel robinet commandait quel jet. Après moult manipulations, elle trouva l'eau réconfortante. À dix-neuf heures trente, vêtue d'un élégant pantalon noir, d'un haut en soie et d'une paire de sandales à talons, elle était prête pour sortir.

Lorsqu'elle descendit, le voiturier – qu'elle avait appelé – avançait son carrosse. Il lui tint la portière et empocha son pourboire en lui souhaitant une bonne soirée. C'est parti, se dit Regan en bouclant sa ceinture de sécurité. Puis elle entra l'adresse de la propriété des Scrump dans le GPS.

Vingt-cinq minutes plus tard, elle s'engageait dans l'allée du manoir, sans s'être aperçue qu'on l'avait suivie.

6

Dans une petite maison située en retrait d'une route de campagne à soixante kilomètres au nord de Los Angeles, Clarence et Petunia Hedges, la cinquantaine bien sonnée, étaient en train de dîner. Mariés depuis trente ans, ils s'étaient rencontrés à San Diego dans un bar pour célibataires et il leur avait suffi d'un regard pour comprendre qu'ils étaient faits l'un pour l'autre. « Qui se ressemble s'assemble » s'applique surtout aux gens de peu de vertu, n'est-ce pas ?

Dotée d'une plastique irréprochable, Petunia avait un penchant pour les pantalons moulants noirs, les bottes et les hauts de couleurs vives. Elle avait la voix parfois légèrement éraillée, des mèches blondes, d'énormes boucles d'oreilles et des bijoux en veux-tu en voilà.

« Passe-moi les frites, grommela Clarence, sans détacher les yeux de l'écran de télévision fixé au mur.

– Elles sont plus près de toi », fit remarquer Petunia tout en poussant le plat jusqu'à lui. « Tu ne voulais pas de légumes ? » demanda-t-elle en bataillant avec la bouteille de ketchup.

Pas fou, Clarence fit non de la tête et engouffra une bouchée de pain de viande. Sa coiffure – cheveux presque roux et raie au milieu impeccable – aurait mieux convenu à un enfant de chœur qu'au grand gaillard aux bras musculeux qu'il était. « Les frites, c'est parfait comme légume pour moi. Qu'est-ce qu'il y a comme dessert ?

– Du gâteau. »

Clarence se mit à applaudir avec frénésie. « Hourra ! s'écria-t-il. Bravo ! » Un joueur des Giants venait de réussir un home run.

Petunia leva les yeux au ciel. Leur dernier dîner romantique remontait au temps où les téléphones portables n'existaient pas. Pour autant, elle n'était pas malheureuse. Sa préoccupation principale, c'était de faire de l'argent, toujours plus d'argent.

En public, ces deux-là passaient pour un couple d'âge moyen tout ce qu'il y a de plus ordinaire. Lui était camionneur, elle manucure. Ils avaient quitté la banlieue de San Diego – où ils avaient élevé leur progéniture – pour le nord de la Californie quand la petite dernière avait décroché son diplôme. Les enfants partis, Petunia avait jugé qu'il était temps de mettre ses plans à exécution, loin de leurs vieux voisins curieux. Elle avait loué une boîte postale dans une grande agence située à une demi-heure de leur nouvelle adresse et croisait les doigts pour que le nombre de colis qu'elle y recevait n'éveille pas les soupçons.

Dans l'institut où elle travaillait, elle se faisait une joie d'écouter les problèmes de ses clientes. Un petit coup de vernis appliqué avec une précision chirurgicale, quelques remarques égrenées au fil de la conversation – oh, rien d'extraordinaire : « Quel dommage ! », « C'est tellement injuste ! », « Vous parlez d'une amie ! », « Vous méritez tellement mieux ! » – une mécanique bien huilée qui lui permettait d'affiner ses connaissances déjà grandes sur les faiblesses du genre humain. Faiblesses qu'elle comptait bien exploiter, tout en empochant de généreux pourboires.

Ses clientes préférées étaient celles qui n'étaient que de passage en ville. Convaincues qu'elles ne reverraient jamais Petunia, elles ne se méfiaient pas le moins du monde de ce qu'elles lui confiaient. Il faudrait leur rappeler que le monde est petit. Surtout aujourd'hui.

« Vous devriez être psy, lui avait dit une New-Yorkaise avec admiration pas plus tard que cet après-midi. Je n'ai jamais fait autant de confidences à une inconnue. »

Petunia avait soupiré d'aise. « Je n'aurais jamais réussi médecine. Bichonner les mains, écouter les chagrins, je suis faite pour ça ! J'ai trouvé ma vocation et j'en suis ravie. »

Et voilà le travail !

Une page de publicité interrompit le match. Clarence se concentra sur son assiette. « Alors, ta journée ?

– Bien. Je suis passée à la poste après le boulot.

– Et ?

– Un tas de célébrités m'ont envoyé des trucs super pour notre petite "collecte de fonds" ! annonça-t-elle en ricanant. S'ils savaient que le fruit de leur labeur finit en vente sur Internet ! J'ai fait du bon boulot avec cette lettre, c'est moi qui te le dis ! Elle avait tout d'un courrier officiel.

– Quel genre de trucs ? demanda Clarence en sirotant sa bière.

– Disques, photos dédicacées, livres. Parfois accompagnés d'un petit mot de soutien. Bonne chance ; bravo pour votre engagement en faveur des enfants pauvres ; ce genre de choses.

– Eh ben ! Je vais te dire, à mon avis, ça flatte leur bonne conscience de penser qu'ils donnent pour une noble cause. Ce serait bête de les contrarier ! Parce que *c'est* une noble cause ! »

Tous deux se mirent à rire et firent tinter leurs verres : « À une noble cause ! » dirent-ils en chœur.

Petunia but une gorgée de vin. « Nora Regan Reilly, tu sais, cet auteur à succès ? Elle m'a envoyé un exemplaire dédicacé de son dernier livre. Je crois que je vais le garder pour moi. En tout cas, j'ai bien l'intention de le lire avant d'en faire quoi que ce soit d'autre. »

Mais Clarence n'écoutait plus. La publicité avait laissé place au match. « Allez les Giants ! s'écria-t-il. Allez les Giants ! »

7

En arrivant chez Zelda, Regan constata que l'allée finissait en une large boucle sur le côté du manoir. Un voiturier lui fit signe d'avancer. Une fois à son niveau, elle baissa la vitre. « Il n'y pas beaucoup de places, hein ?

– D'où ma présence. On gare les voitures dans la rue.

– Ah bon ? Je n'en ai pas vu.

– On a descendu lès premières tout au bout de l'impasse. D'ici vingt minutes tous les invités vont arriver en même temps ; on a réservé les places près de la maison pour ne pas les faire trop attendre.

– Logique, répondit Regan en serrant le frein à main. Elle va loin la rue ?

– Dans les quatre cents mètres peut-être.

– Ça a l'air très sauvage par là-bas. Il y a d'autres maisons ?

– Non, madame, pas de maisons. Rien que des bois. Il y a même un départ de chemin de randonnée au bout de l'impasse. Il est chouette mais peu de gens le prennent à cet endroit car le stationnement est interdit dans la rue.

La municipalité nous a donné une autorisation pour ce soir.

– Je vois, fit Regan en prenant le ticket que le voiturier lui tendait. Merci.

– Ne le perdez pas ! »

Regan se dirigea vers la porte d'entrée tout en regardant le voiturier redescendre l'allée avant de tourner à gauche et de disparaître derrière les arbres épais et sombres.

Sur la façade de la maison, des lumières éclairaient la pelouse et les buissons laissés à l'abandon. Curieux, cet endroit, se dit Regan. La maison n'est pas récente et rien n'a l'air d'avoir tellement changé. C'était peut-être un lieu de fêtes où le tout-Hollywood se retrouvait, dans le temps. Aujourd'hui, on dirait plus un repaire de fantômes.

Elle sonna.

Quelques secondes plus tard, Zelda apparut derrière une grande porte grinçante. « Regan !

– Zelda ! Ça me fait plaisir de te voir !

– Entre !

– Eh bien ! Madame reçoit, ce soir ! Tu as mis tes habits de fête ! » remarqua Regan en entrant.

Zelda portait une longue jupe noire et un haut décolleté rouge. Elle avait les cheveux relevés avec des épingles en strass.

« Merci ! Tu as une mine superbe ! Je suis ravie que tu sois là. Mets-toi à l'aise. Je voudrais te présenter un couple d'amis de mon ancien immeuble avant que tout le monde arrive. »

Le sourire aux lèvres, Regan confia sa veste à une jeune femme puis suivit Zelda dans le salon faiblement éclairé par des lampes et des bougies. Une musique douce s'échappait d'une chaîne stéréo. Deux hommes sirotaient un verre en observant le portrait d'une garçonne tout droit sortie des années folles.

« Curtis, Blair, je vous présente mon amie Regan Reilly. »

Ces messieurs se retournèrent et la saluèrent. Curtis était grand ; il avait une barbe châtain clair de trois jours et un anneau à l'oreille gauche. Blair, quant à lui, était de taille moyenne, un peu plus enveloppé et chauve. Tous deux portaient une veste et une paire de jeans couture impeccablement repassée.

« Ravie de vous rencontrer, dit Regan.

– Regan et moi, nous nous sommes connues lors d'un jeu télévisé il y a des années, expliqua Zelda, tout excitée. On s'est rencontrées par hasard aujourd'hui. Après tout ce temps, c'est fou !

– Un jeu télévisé ? répéta Curtis. J'y crois pas !

– Si, je t'assure ! On a sympathisé à un moment particulièrement stressant du jeu.

– Stressant ! » s'esclaffa Curtis en prenant une poignée de cacahuètes dans un bol sur une table d'appoint.

« Bien sûr que c'était stressant ! protesta Zelda. On n'a pas très envie de se ridiculiser quand on passe à la télé.

– C'est pour ça que, moi, je ne participerai jamais à *Jeopardy* ! Jamais ! Avec la chance que j'ai, ce serait football, football et re-football. »

Blair passa la main sur l'épaule de Curtis avec tendresse. « Vous imaginez ça ? dit-il dans un éclat de rire.

– Si ça peut vous consoler, Zelda et moi n'avons pas franchement brillé à *Pyramide.*

– Zelda a quand même touché le jackpot ! fit Blair d'un ton taquin. On était voisins avant qu'elle devienne richissime. » Puis, se tournant vers Curtis : « Je savais bien qu'on aurait dû prendre l'appartement du dessous. Reste à savoir si j'aurais rendu service à la vieille grincheuse ! Rien n'est moins sûr !

– Tu exagères, fit Zelda en souriant. C'était une incomprise.

– Un peu comme toi, non ? » rétorqua Blair.

Zelda se tourna vers Regan. « Les garçons ont emménagé dans mon immeuble deux ou trois ans après cette histoire de jeu télévisé.

– Tiens, voilà un autre voisin, annonça Curtis.

– Norman, viens que je te présente mon amie Regan. »

Les présentations faites, Zelda précisa : « Norman et moi sommes amis et, à présent, il travaille pour moi. Il passe la semaine ici aussi. C'est amusant de partager cet endroit un peu fou !

– Ne vous imaginez pas que Curtis et moi, on ne s'en morde pas les doigts pour l'argent, dit Blair avec malice, mais Norman, lui, il ne s'en remettra jamais. Il vivait sur le même palier que Million Dollar Mamie ! »

Tout le monde trouva ça très drôle, y compris Norman. Quoique, peut-être un peu moins que les autres.

« Je détestais son chien, avoua-t-il.

– Que lui est-il arrivé ? demanda Regan.

– Il était très vieux ; il est mort quelques semaines après sa maîtresse, expliqua Zelda. Plutôt triste, mais je crois qu'il avait le cœur brisé, ce pauvre toutou.

– Pas autant que Norman ! gloussa Curtis.

– C'est triste, en effet, dit Regan. Les chiens sont très attachés à leur maître. » Elle essaya de détendre l'atmosphère. « Puisqu'il fallait un héritier à la voisine, autant que ce soit votre amie Zelda ! Vous devez être contents pour elle, non ? »

Norman regarda Regan dans les yeux. « Nous sommes ravis pour Zelda. Mais si on avait été plus attentifs, plus serviables...

– Tâchons de nous amuser », l'interrompit Zelda en posant la main sur son coude.

Heureusement, on sonna à la porte. L'hôtesse s'éclipsa pour saluer ses amis du club de yoga.

« Vous n'êtes pas tous venus dans la même voiture ? demanda-t-elle, les yeux pétillants.

– Carmen a un 4×4 sept places », répondit Kevin, le professeur de yoga. Puis prenant une brune aux cheveux longs dans les bras, il ajouta : « C'est notre conductrice attitrée. Pas vrai, Carmen ?

– La prochaine fois, c'est toi qui conduis !

– Eh bien, je vous en prie, entrez », dit Zelda, tout sourires, soucieuse que ses invités se sentent bien accueillis et passent un agréable moment.

Elle présenta Regan à un jeune homme qui débutait sa carrière de réalisateur de films d'horreur. « Dis-moi, Zelda, tu vas rester longtemps dans cette maison ? Ce serait le décor idéal pour mon prochain film. »

De délicieux hors-d'œuvre variés circulaient, les conversations allaient bon train et Zelda ne cessait de présenter de nouvelles têtes à Regan.

« Regan, voici Rich Willowwood.

– Bonjour, Rich », dit Regan en tendant la main à un jeune homme aux cheveux châtain clair et vêtu d'un costume.

On sonna de nouveau à la porte. « Excusez-moi, lança Zelda en s'éloignant.

– Bonjour », fit Rich, l'air ahuri.

Il n'avait pas ce petit côté pittoresque qu'avaient la plupart des amis de Zelda. Il était pour ainsi dire insignifiant.

Probablement un timide, se dit Regan. Bien plus conventionnel que les autres. Elle lui expliqua comment elle connaissait Zelda. « Et vous ? demanda-t-elle.

– Je suis son conseiller financier, répondit-il en prenant un verre de champagne sur le plateau d'un serveur.

– Pour gérer huit millions de dollars, ce n'est pas du luxe ! »

Une jeune femme s'approcha en regardant Regan avec inquiétude.

« Je vous présente mon amie Heather », dit Rich d'un ton gai.

Heather avait l'air aussi quelconque que lui. Des jumeaux n'auraient pas été plus ressemblants. Elle portait une robe grise sans fioritures, des bas couleur chair et des chaussures noires plates.

« Bonsoir, Heather. C'est une soirée réussie, vous ne trouvez pas ? » dit Regan sur un ton avenant tout en faisant en sorte que son alliance se voie.

Relax, ton amoureux ne m'intéresse pas du tout, poursuivit-elle *in petto.*

« En effet, répondit Heather.

– Vous vivez dans le coin ? demanda Regan, s'efforçant de faire la conversation.

– J'habite à Burbank, et Rich vit à Santa Monica », répondit Heather en regardant son ami.

Ils se souriaient avec tendresse, tel un couple modèle sorti tout droit des années cinquante.

Me voilà rassurée, pensa Regan. Ils n'ont pas l'air du genre à filer à Vegas avec l'argent de Zelda. Quelques minutes plus tard, cette dernière les rejoignit et présenta à Regan un petit bout de femme aux cheveux blancs. « Gladys, comptable de son état.

– Je ne fais pas que ça, tu sais, Zelda, protesta la septuagénaire gaiement.

– Je sais. Loin de là. Gladys est aussi ma grand-mère d'adoption. Au fait, j'en ai une bonne à vous raconter. Je pensais attendre un peu mais après tout... Mon père a épousé cette... cette femme à Vegas hier soir !

– Oh, non ! » s'exclamèrent Rich, Heather et Gladys à l'unisson.

Regan, interdite, attendit les explications qui s'imposaient.

« Ma mère est morte il y a quelques années, commença Zelda. Mon père a rencontré quelqu'un au mois de juillet. Je ne souhaite que son bonheur, mais elle ne correspond pas tout à fait à la femme que j'avais imaginée.

– Ma pauvre chérie, fit Gladys, l'air peiné, en lui tapotant la main. On en parlera si tu veux. »

Regan crut voir une larme se former dans les yeux de son amie mais Zelda refoula aussitôt son chagrin : pas question de gâcher la fête.

On servit le dîner et après le dessert, comme c'est souvent le cas dans ce genre de soirée, deux ou trois invités prirent congé et d'autres suivirent sans tarder. Regan chercha son sac à main et consulta son téléphone. Jack lui avait envoyé un message : il ne serait pas rentré avant au moins minuit. Il était vingt-deux heures quarante-cinq. Elle se glissa dans le couloir pour récupérer sa veste.

Gladys sortait justement de la pièce qui avait fait office de vestiaire, suivie de Rich et Heather. « Oh là là ! C'est comme s'ils parlaient une autre langue ! fit-elle remarquer en passant une étole sur ses épaules. Bonne nuit, Regan. Ravie de vous avoir rencontrée.

– Bonne nuit. »

Quand Regan ressortit avec ses affaires, Zelda se tenait près de la porte d'entrée.

« Merci, Zelda, commença Regan.

– Oh Regan, tu ne veux pas rester un peu, histoire qu'on boive une tasse de thé ?

– Si, bien sûr », répondit Regan, soudain préoccupée par la mine pâlotte de son amie.

Elle n'a pas l'air dans son assiette. Le mariage de son père la contrarie probablement plus qu'elle veut bien l'admettre.

Le dernier invité parti, elles allèrent s'installer dans le canapé. Un des extras posa un plateau avec du thé et des gâteaux secs sur la table basse. Norman, qui avait supervisé le nettoyage, entra dans le salon tout excité.

« Zelda, tout est rangé. La cuisine n'a jamais été aussi propre. Les serveurs ont fait un boulot incroyable.

– Super, Norman. Tu t'es démené ce soir. Tu te joins à nous pour le thé ? Ou si tu es trop fatigué, tu peux monter te reposer.

– Me reposer, ça je ne sais pas faire ! répondit Norman en ne plaisantant qu'à moitié. Une des vieilles dames dont je promène le chien de temps en temps vient de m'appeler. Elle est en pyjama devant une émission spéciale et son toutou veut sortir. Voilà ce qui arrive quand on essaie de préparer sa retraite ! Si je me dépêche, je devrais être de retour d'ici une heure. Ça ne te dérange pas ?

– Norman, dors chez toi cette nuit. Ça va aller.

– Tu es sûre ? demanda-t-il avec un signe de la main.

– Oui, certaine. Ne t'inquiète pas. La fête était très réussie. »

Cinq minutes plus tard, les extras et Norman étaient partis.

« Tu entends le tic-tac de cette horloge de parquet ? » fit Regan. Je détesterais rester seule dans cette maison, songea-t-elle. Elle est tellement loin de tout.

« Oui », répondit mollement Zelda tout en buvant son thé.

Elles se mirent à papoter mais Zelda avait perdu tout son peps.

« Je devrais te laisser aller au lit, dit Regan. Tu as l'air épuisé.

– Je ne me sens pas bien. Ça m'a pris d'un coup. C'est bizarre, je n'ai bu qu'un verre de vin. »

Elle avait les yeux vitreux et sa tête tomba en arrière.

« Zelda, est-ce que ça va ?

– Je crois que je vais vomir », dit-elle en se ruant vers la salle de bains.

Regan attendit derrière la porte. Quelques minutes plus tard, Zelda ressortit, pâle comme un linge.

« Où se trouve ta chambre ?

– À l'étage. »

Regan l'accompagna jusqu'en haut. Une fois dans la chambre, Zelda se précipita dans la salle de bains attenante et vomit de nouveau.

« Tu veux que j'appelle un médecin ?

– Non, c'est ridicule. C'est rien qu'un petit microbe. »

Regan aida son amie à enfiler une chemise de nuit et à se coucher.

« Ça va, Regan. Tu peux y aller.

– Certainement pas. Tu es trop mal en point. Je ne vais pas te laisser seule. Si tu vomis de nouveau… »

Zelda avait fermé les yeux. Son front était couvert de sueur. Regan alla à la salle de bains et en revint avec un gant d'eau froide.

« Merci. »

Regan s'assit dans un fauteuil club près du lit. Je ne peux

pas la laisser comme ça, pensa-t-elle. Si elle a besoin d'un médecin...

Et puis, quelque chose me dit qu'elle ne devrait pas rester seule, songea Regan en jetant un œil autour d'elle. Cet endroit donne la chair de poule.

8

Au centre-ville, le dîner présidé par le commissaire divisionnaire de la police de Los Angeles auquel Jack avait pris part s'était achevé peu avant minuit. Rendez-vous était pris au commissariat principal à huit heures le lendemain matin. Jack rejoignait la voiture qui devait le ramener à son hôtel de Beverly Hills en compagnie d'un officier haut placé de la police de San Francisco que le chauffeur déposerait ensuite chez des parents à Century City. Il consulta son téléphone. Regan lui avait envoyé un texto.

Je suis toujours chez mon amie Zelda. Elle est malade. Il n'y a plus que moi ici. Je préfère ne pas la laisser. Passe-moi un petit coup de fil quand tu peux. Bises. Regan.

Jack laissa échapper un soupir. Après cette longue journée, il était impatient de la retrouver. Il faut encore qu'elle s'occupe de quelqu'un qu'elle connaît à peine, se dit-il. Remarque, c'est aussi pour ça que je l'aime. Je la rappellerai une fois à l'hôtel.

Jack et son collègue échangèrent de menus propos dans la voiture, principalement sur les *World Series*[1] qui auraient bientôt lieu.

« Je vois bien les Yankees l'emporter, dit Jack.

– Aucune chance ! Ils n'ont pas l'étoffe des Giants ! »

En entrant dans le hall de l'hôtel, Jack ne put s'empêcher d'espérer retrouver Regan au cinquième étage. Mais il lui suffit d'ouvrir la porte de leur chambre – qui n'était pas verrouillée de l'intérieur – pour savoir qu'elle ne s'était pas miraculeusement libérée. Seul un filet de musique classique rompait le silence de la pièce. Le service « Bonne nuit » est passé, se dit Jack. Dessus-de-lit rabattu, serviettes légèrement humides – idéal pour se rafraîchir – et radio-réveil allumé et réglé sur une station qui passait du Mozart.

Qui garde la radio allumée dans une chambre d'hôtel ? se demanda-t-il en fermant la porte derrière lui. Il fit le tour du lit et éteignit la musique. Il sourit en pensant à ce que Regan aurait dit :

« Ben alors ? Trop classique, le classique ? Ha ! ah ! »

Assis sur le lit, il composa son numéro et tomba directement sur sa boîte vocale. Il laissa un message après le bip. « Chérie, c'est moi. Je suis rentré à l'hôtel. Appelle-moi. Je voudrais être sûr que tout va bien. Je peux te rejoindre si tu veux. Où que tu sois. D'accord ? Je t'aime. » Il raccrocha et lui envoya également un texto.

1. *World Series* : série finale de la ligue de base-ball nord-américaine. (*Toutes les notes sont de la traductrice.*)

Peu après, Regan rappela, un soupçon d'inquiétude dans la voix. « Jack, il y a des problèmes de réseau ici. Mon portable n'a même pas sonné.

– Ce n'est pas grave. Raconte-moi ce qui se passe. »

Elle ne se fit pas prier. « Je suis à côté de la porte d'entrée, là. Mon téléphone ne capte qu'en bas. Je ne tiens pas à laisser Zelda toute seule cette nuit. Elle est tombée malade brusquement ; elle est très faible. Elle aura besoin d'aide pour aller à la salle de bains.

– Elle dort ?

– Par intermittence.

– Tu ne veux pas appeler son assistant et lui demander de rappliquer ?

– Ce ne serait pas chic de ma part de partir.

– Téléphone-lui au moins pour savoir si elle a des problèmes de santé dont tu devrais être informée. Je suis sérieux, Regan.

– Tu as raison. Mais je n'ai pas son numéro. Je vais voir si je peux le trouver dans la maison.

– Cherche-le et rappelle-moi. Je pourrais te rejoindre en taxi. Je n'aime pas te savoir dans un endroit inconnu au beau milieu des collines de Hollywood.

– Non, Jack. Tu es fatigué et tu dois te lever tôt demain. Ça va aller. En plus, Zelda est bouleversée. Son père lui a annoncé au téléphone qu'il s'était marié à Las Vegas hier soir.

– Tu plaisantes ?

– Pas du tout. Il a rencontré sa dulcinée il n'y a pas très longtemps. Je crois que Zelda voulait m'en parler. Et ne t'inquiète pas : c'est à une œuvre de bienfaisance que l'on doit notre présence ici. C'est sûrement le signe qu'il n'y a rien à craindre, non ?

– Ça ne veut rien dire.

- C'est vrai, concéda Regan en souriant pour elle-même.

- Bon, vois si tu peux joindre cet assistant et rappelle-moi.

- Ça marche. » Regan raccrocha et alla dans la cuisine, espérant y trouver un répertoire. En vain. Pas de mémo sur le réfrigérateur ; rien dans les tiroirs. Évidemment, Zelda n'est que de passage. Mais le numéro de Norman est forcément enregistré dans son portable.

Regan retourna dans la chambre principale à pas de loup. Elle y avait laissé une petite lampe allumée dans le coin de façon à pouvoir garder un œil sur Zelda sans l'empêcher de dormir.

Zelda remuait fiévreusement la tête. « Oh, gémit-elle, je me sens tellement mal.

– Que dirais-tu d'un soda au gingembre ? chuchota Regan. Ça te soulagerait peut-être le ventre.

– Non. Si seulement la pièce pouvait s'arrêter de tourner.

– C'est une sensation horrible, compatit Regan. Juste pour savoir, tu n'as pas de problèmes de santé, hein ? Tu risques de te déshydrater à vomir comme ça. Tu ne prends pas de médicaments pour le cœur ou autre, dis-moi ?

– Non. Je ne suis jamais malade, dit Zelda en prenant sa tête entre les mains. C'est adorable de ta part de rester avec moi. Maman t'avait trouvée si mignonne quand tu as perdu à ce jeu télévisé. »

Elle esquissa un sourire.

C'est décidé, je reste, pensa Regan. Hors de question de m'en aller.

Essayer de joindre Norman n'aurait rien changé. Il chantait à tue-tête dans un bar karaoké.

Il n'aurait jamais entendu son téléphone.

9

Après avoir placé un seau près du lit, Regan avait fait promettre à Zelda de la réveiller si elle voulait aller à la salle de bains. Vaine recommandation : elle était à la fois trop inquiète et trop mal installée sur sa chaise pour trouver le sommeil.

Dans le manoir, tout était paisible. Je serais curieuse de connaître l'histoire de ce lieu, songea-t-elle. Être ici, c'est comme replonger dans le passé. On se croirait sur le plateau d'un vieux film hollywoodien. Puis ses pensées se tournèrent vers Jack. Il est tellement compréhensif. C'est notre deuxième nuit en Californie et je la passe loin de lui dans une vieille maison pleine de mystère. Je ne serais pas étonnée qu'il y ait des cadavres enterrés dans la cour.

Tout à coup, un bruit fracassant provenant du rez-de-chaussée la fit sursauter. Elle se redressa, le cœur battant la chamade.

Zelda, elle, dormait à poings fermés.

Regan remarqua qu'il n'y avait pas de téléphone dans la chambre. Impossible d'appeler d'ici. J'ai vu un combiné fixé au mur dans la cuisine ; il marche peut-être. Elle saisit son portable, priant pour qu'il fonctionne une fois en bas, puis s'empara d'un coupe-papier émoussé sur le bureau. Elle se figea un instant dans le couloir, à l'affût du moindre bruit.

Rien. Un silence sinistre. Regan se souvint qu'il n'y avait pas de système d'alarme. Il suffisait de forcer une fenêtre du rez-de-chaussée pour s'introduire dans la maison. J'aurais dû vérifier que toutes les issues étaient verrouillées. Mais je ne voulais pas laisser Zelda seule trop longtemps. Elle réfléchissait à toute vitesse. Je pourrais appeler Jack, mais pour ça, je dois descendre. Je lui envoie un texto ? Il n'entendra peut-être pas le bip. De toute façon, ça lui prendrait un temps fou d'arriver jusqu'ici. Tel que je le connais, il contacterait ses collègues de Los Angeles pour qu'ils envoient une voiture de patrouille sur-le-champ. Mais c'est embêtant d'impliquer la police pour rien.

Bon, il faut que j'aille voir, se dit Regan en s'engageant dans les escaliers. Une fois en bas, elle prêta l'oreille. J'ignore ce qui a fait ce bruit, mais ça ne pouvait pas venir de bien loin. Je ne l'aurais pas entendu sinon. À sa gauche, la salle de bains. Tout doucement, elle poussa la porte qui s'ouvrit en grinçant et alluma la lumière.

Quel spectacle !

Le rideau de douche était en vrac, la tringle rouillée en travers de la baignoire et de lourds crochets en métal ciselé éparpillés sur le sol. Un vase en verre que Regan se rappelait avoir vu sur la coiffeuse avait volé en éclats.

Soulagée, Regan émit un petit rire nerveux et referma la

porte. Cette maison tombe en ruine. Je m'occuperai de ce bazar demain matin.

Ayant retrouvé toute son assurance, elle fit le tour du rez-de-chaussée et vérifia portes et fenêtres. Par chance, il n'y avait pas de sous-sol. Dans la cuisine, elle aperçut ses clés de voiture au fond d'un saladier. C'est vrai qu'elles sont là, se dit-elle. Je les ai vues tout à l'heure quand je cherchais le numéro de Norman. Le voiturier a sûrement rapproché mon véhicule. C'est comme ça qu'ils font d'habitude dans ce genre de soirées. Elle jeta un coup d'œil par la fenêtre mais la nuit était si épaisse qu'elle ne vit rien.

Elle ouvrit la porte et sortit. Un léger vent bruissait dans les arbres. Elle constata avec effarement que seule la Mercedes de Zelda se trouvait dans l'allée.

Il l'aurait laissée en bas de la rue ? Incroyable ! Ou alors, il est allé la chercher et quelqu'un l'a volée ? Non, c'est carrément improbable. Je veux bien croire que les voleurs s'intéressent davantage aux petites autos, mais quand même, avec celle de Zelda à côté !

Je devrais peut-être aller jeter un œil en bas de la rue. C'est une voiture de location ; s'il y a le moindre problème, ça va être une vraie galère. Regan retourna dans la cuisine d'un pas décidé pour récupérer les clés et ressortit aussitôt. À peine avait-elle fait quelques mètres qu'elle ralentit le pas. Les lumières de la façade étaient éteintes, le trottoir s'enfonçait dans la pénombre, il n'y avait pas d'éclairage public. C'était le noir absolu.

Ce n'est pas prudent, se dit-elle. Jack me passerait un savon s'il apprenait que je me suis aventurée sur une route que je ne connais pas à cette heure de la nuit. Ce n'est qu'une voiture après tout. Si elle n'est pas là demain matin, tant pis ! Elle tourna les talons, regagna la maison et s'enferma à double tour.

Une autre pensée lui trottait dans la tête. Qu'est-ce qui a bien pu rendre Zelda si malade, se demandait-elle, inquiète. La cuisine du traiteur ? Regan ouvrit le réfrigérateur où les restes étaient emballés dans des sachets en plastique ou du papier aluminium. Zelda a peut-être réagi à quelque chose qu'elle a mangé plus tôt dans la journée. Mais elle s'est sentie mal d'un coup.

À l'étage, Zelda dormait toujours. Tant mieux, se dit Regan en se rasseyant sur la chaise, emmitouflée dans une couverture.

Pendant ce temps, dans les bois au bout de la rue, un homme guettait, impatient et anxieux, l'arrivée de Regan. Pourvu qu'elle ne reste pas après la fête, se disait-il. Pourquoi dormirait-elle sur place alors qu'elle est descendue dans un hôtel de luxe à Beverly Hills ?

Son agitation augmentait à chaque minute qui passait.

Il va falloir qu'elle apprenne à se mêler de ce qui la regarde.

Sinon, elle va avoir affaire à moi.

Vendredi 5 octobre

10

Au réveil, Regan mit un moment à reconnaître l'endroit où elle se trouvait. Son mal de dos et les ombres grises qui donnaient à la pièce un caractère irréel lui firent comprendre qu'elle n'avait pas dormi à l'Island Hotel. Elle regarda sa montre. Sept heures dix. Jack était probablement en route vers le centre-ville où se tenait le congrès.

Elle se leva péniblement de sa chaise, regrettant le matelas confortable de sa chambre d'hôtel. La présence de Zelda qui dormait la rassura ; elle n'était pas dans un mauvais rêve. Quelques minutes plus tard, elle se regardait dans le miroir de l'autre salle de bains du rez-de-chaussée. Quelle tête ! soupira-t-elle. Dès que Zelda se réveille, je file.

Regan se brossa les dents et se débarbouilla du mieux qu'elle put. Elle récupéra sa veste sur le canapé du salon et ses clés dans la cuisine. Pourvu que la voiture soit toujours là, pensa-t-elle.

Dehors, l'air était frais. Regan, perchée sur ses talons hauts, descendit l'allée avec prudence et se retrouva bientôt dans la rue, accompagnée du gazouillis des oiseaux. Quelle belle matinée ! Tout est si tranquille.

Elle fit quelques mètres et aperçut sa voiture, seule, tout au bout.

« Ouf ! dit-elle tout haut. La journée commence bien. » Se dégourdir les jambes lui était agréable après la nuit qu'elle avait passée sur cette maudite chaise. Elle ouvrit la portière de la berline et repensa à ce que le voiturier lui avait dit la veille au soir. N'avait-il pas parlé d'un chemin de randonnée ? Je devrais peut-être aller voir. Si on décide, Jack et moi, de rester à Los Angeles tout le week-end, ça pourrait être sympa de marcher un peu.

Elle fit le tour de la voiture et s'engagea sur un chemin étroit qui menait vers les bois. Des brindilles craquaient sous ses pas et ses talons s'enfonçaient dans le sol. Ce n'est pas très malin, avec ces chaussures, se dit-elle en faisant demi-tour. En bordure du chemin, un objet brillant, partiellement recouvert de feuilles, attira son attention. Qu'est-ce que c'est ? se demanda-t-elle en s'approchant. Elle se pencha et écarta les feuilles.

« Oh, mon Dieu ! » dit-elle dans un souffle.

Elle venait de découvrir un énorme couteau de boucher tout neuf.

Qu'est-ce que ça fait là ? s'interrogea-t-elle, le cœur battant la chamade. Pourquoi quelqu'un aurait-il apporté un couteau pareil dans les bois ? Pour le cacher ? Ça ne me dit rien qui vaille. Regan le saisit par le manche, lame vers le bas, et rejoignit sa voiture sans perdre de temps. Elle se débarrassa du couteau dans le coffre, prit le volant et remonta se garer devant la maison.

Ce n'est peut-être rien, mais on peut tuer avec ce genre d'engin, pensa-t-elle en entrant dans la cuisine qu'elle ferma à double tour. Pour faire de la randonnée, on prend un canif, point. Il faut que j'en parle à Jack. La meilleure chose à faire serait encore de le déposer au commissariat. Si le propriétaire veut le récupérer, qu'il aille le réclamer au bureau des objets trouvés.

Regan prépara du thé et des toasts pour deux. Si Zelda dort encore, je lui en referai plus tard. Elle monta et entra dans la chambre de son amie sur la pointe des pieds.

« Coucou Regan, dit Zelda en se redressant dans son lit.

– Comment tu te sens ?

– C'est pas la grande forme.

– Du thé ?

– Volontiers, dit Zelda en se calant dans les oreillers. J'ai soif. » Elle but le thé à petites gorgées et mangea une tartine. « Je suis contente de pouvoir avaler quelque chose.

– À qui le dis-tu ! » Bon, quand il faut y aller, faut y aller, songea Regan avant de poursuivre : « Zelda, hier, tu as évoqué la possibilité d'une promenade au clair de lune après le dîner.

– Tu parles d'une idée, répondit son amie en levant les yeux au ciel.

– Tu n'as pas l'intention d'en faire une dans les jours qui viennent, n'est-ce pas ?

– Dans mon état, ça ne risque pas ! Mais en début de semaine, je suis allée dans les bois avec mes élèves. Parfois ça fait du bien de se retrouver dans la nature et de se vider la tête. Ici, c'est l'endroit idéal. Rien que de se promener dans la rue, ça fait du bien. Il n'y a jamais personne.

– Zelda, je viens de descendre au bout de la rue pour récupérer ma voiture.

– Le voiturier ne l'a pas rapprochée hier soir ?

– Non.

– C'est incroyable.

– C'est peut-être mieux comme ça, en fait. Je suis allée jeter un œil au chemin de randonnée mais je n'étais pas chaussée pour. En rebroussant chemin, j'ai trouvé un grand couteau de boucher caché sous des feuilles.

– Quoi ? s'écria Norman en faisant irruption dans la pièce. Un grand couteau ? J'ai bien entendu ?

– Oh, bonjour Norman, dit Regan. Oui, j'ai trouvé un couteau dans les bois. Et le plus inquiétant, c'est qu'à l'évidence, il n'était pas là depuis longtemps car il est comme neuf. »

Norman se laissa tomber sur la chaise.

« Tu as l'air fatigué, lui dit Zelda.

– Je n'ai pas arrêté de la soirée, répondit-il en faisant la moue. Mais moi au moins, je ne suis pas encore au lit.

– Je te signale que juste après ton départ, j'ai été très malade. Pourquoi crois-tu que Regan est là ?

– C'est pas vrai ?

– Ben si.

– Je suis navré, dit Norman le plus sincèrement du monde. Regan, vous auriez dû m'appeler. Je serais revenu aussitôt.

– Ce n'est pas grave, répondit Regan. Je serais restée de toute façon.

– Bon, c'est quoi cette histoire de couteau ? demanda Zelda d'un ton insistant.

– Il n'y a pas grand-chose à dire. Je l'ai laissé dans le coffre de ma voiture. C'est juste que je n'arrive pas à comprendre ce qu'il faisait là. Hier, le voiturier m'a dit que personne n'emprunte le chemin de randonnée à cet endroit-là car le stationnement est interdit.

– On devrait peut-être embaucher un agent de sécurité, lâcha Norman. Heureusement qu'on s'en va d'ici dans quelques jours. Quand je pense à ce que tu as laissé aux enchères.

– Je te rappelle que c'était pour une bonne cause. Je reconnais que je ne sais plus laquelle. Tu sais, toi ?

– Non, répondit Norman en haussant les épaules. Tu as une idée de ce qui t'a rendue malade ?

– Sans doute un microbe. »

Le téléphone de Zelda sonna. Elle le prit dans le tiroir de la table de chevet et regarda le numéro qui s'affichait.

« C'est Rich, dit-elle. Bonjour. Oh, merci Rich, c'était sympa, non ? Oui, plein de gens différents. Tu veux passer ? Oui, bien sûr, je serai là. Super ! À tout à l'heure. » Elle raccrocha. « Rich veut qu'on discute de certains dossiers cet après-midi.

– Tu ne devrais pas te reposer, plutôt ? demanda Norman.

– Il tient à ce qu'on se voie avant de partir en week-end. Et puis, ça ne va pas m'aider de rester assise à ne rien faire. Ça me semble normal d'annuler mes rendez-vous avec mes élèves – ce serait injuste de leur faire payer une séance alors que je ne suis pas au meilleur de ma forme, mais Rich, lui, je peux le recevoir. Au fait, j'ai du monde qui arrive ce soir, tard. Il va falloir s'organiser.

– Du monde ? fit Norman, incrédule. Ce soir ? Mais qui ? Je suis épuisé, moi.

– Mon père et sa nouvelle femme.

– Qu'est-ce que tu dis ? »

Zelda leur raconta.

« Oh, mon Dieu ! Il l'a épousée ? Il n'a pas perdu de temps, dis donc.

– Comme tu dis. On va les installer en bas, dans la chambre au bout du couloir. » Elle marqua une pause. « Ça me fait vraiment bizarre.

– Tiens, au passage, tu jetteras un œil dans la salle de bains près de l'escalier, dit Regan. Le rideau de douche est tombé dans la baignoire hier soir.

– Pourquoi avoir utilisé cette salle de bains ? demanda Norman. Chaque chambre a un cabinet de toilette ; vous y auriez été plus tranquille.

– Je n'y ai pas pris ma douche. Cette nuit à trois heures, un grand bruit m'a réveillée ; je suis descendue et j'ai vu que la tringle était tombée. Un vase en verre s'est brisé sur le sol.

– Génial, fit Norman avec une grimace. J'imagine que c'est à moi de m'en occuper. »

Regan finit sa tasse de thé. « En parlant de douche, je crois que je vais rentrer à l'hôtel. Mais surtout, soyez prudents et tenez les portes fermées.

– C'est vendredi, remarqua Norman. Nous ne sommes ici que jusqu'à lundi. Et puis, avec le père de Zelda qui arrive, on ne sera pas seuls dans la maison.

– Regan, je m'en veux terriblement de t'avoir imposé tout ça, dit Zelda. Tu as été tellement gentille avec moi. Tu ne veux pas revenir pour déjeuner ?

– Tu ne ferais pas mieux de rester tranquille ?

– Non, je préfère passer un peu de temps avec toi. En fait, il y a certaines choses dont je voudrais te parler.

– Quelles choses ? demanda Norman.

– Norman, je m'adresse à Regan.

– D'accord. Je peux sortir si tu veux.

– Mais non ! Ma vie n'a plus aucun secret pour toi ! » Puis se tournant vers Regan : « Je me demandais si tu accepterais de mener une petite enquête sur la nouvelle femme de mon père.

– Ce n'est pas un peu tard ? demanda Norman, pragmatique. À quoi ça te servirait qu'elle commence une enquête maintenant ? »

Regan remercia Norman intérieurement.

« Si elle cache quelque chose, autant le savoir, même maintenant, s'impatienta Zelda. Je veux juste protéger mon père. Si, en revanche, elle est réglo, pas de problème, je leur souhaite tout le bonheur du monde.

– Okay, j'ai compris, dit Norman. Ne t'énerve pas.

– Qu'en penses-tu ? » demanda Zelda à Regan.

Pauvre Zelda, songea Regan. Je n'aimerais pas être à sa place.

« Je serais ravie de pouvoir t'aider mais j'ai des projets

avec Jack pour le week-end. Ça te va si je commence la semaine prochaine ?

– Bien sûr, dit Zelda, mais reviens quand même pour déjeuner ! »

11

Emmitouflée dans un peignoir moelleux, Petunia buvait son café tout en admirant les objets généreusement envoyés pour sa « collecte de fonds » – un joli butin. La veille, elle avait laissé Clarence à son match de base-ball dès la fin du dîner et gagné le sous-sol de sa maison pour se mettre au travail. Elle avait disposé ses trésors sur de longues tables pliantes achetées pour l'occasion dans un magasin discount puis les avait pris en photo un à un.

Une fois transférées sur son ordinateur, elle avait imprimé et rangé les photos dans son bureau tout en gardant un œil sur le téléviseur. Elle changeait régulièrement de chaîne à l'aide de la télécommande, espérant tomber sur un de ces publi-reportages qui vantent des produits miracles – financiers ou autres. Les informations – nom de la compagnie, slogan… – défilaient sur l'écran à une vitesse impressionnante ; elle comptait bien s'en inspirer.

Elle avait déjà aménagé un coin de la pièce en studio d'enregistrement pour se consacrer à son projet. À l'aide d'une caméra fixée sur un trépied et d'une toile de fond blanche, elle allait fabriquer des films pour promouvoir ses bonnes œuvres. Elle les publierait ensuite sur le Web. Pour l'heure, elle apprenait à changer l'arrière-plan d'une vidéo, histoire de présenter un décor plus exotique que son sous-sol. Elle se créerait ensuite plusieurs identités – on n'est jamais trop charitable. Son carnet était déjà plein d'idées.

À moitié endormie, elle but une gorgée de son triple moka. Je ne comprends pas pourquoi les sous-sols ont si mauvaise réputation, songea-t-elle en souriant. Il s'y passe des choses pas nettes, c'est vrai, mais pas uniquement. Un sous-sol, c'est chouette pour stocker, faire sa lessive, jouer au tennis de table, au billard ; il y a même des scientifiques qui y font des découvertes primordiales !

C'est en tout cas le lieu idéal pour lancer ma petite entreprise, pensa Petunia en s'étirant. Je suis certaine que ça va marcher. Je ne suis plus toute jeune pour m'engager dans la partie mais je vais trouver un moyen pour rattraper le temps perdu. Après tout, un tas de compagnies, même régulières, commencent petit.

Mais chaque chose en son temps, se dit-elle en essayant, en vain, de toucher ses orteils. Elle se demanda si elle ne devrait pas investir dans des appareils de gymnastique, mais rejeta aussitôt l'idée. L'argent ne tombait pas du ciel ; inutile de le jeter par les fenêtres ! Le jour où je serai riche, j'engagerai un coach. Ce n'est pas pour ça que j'aimerai le sport. Elle se redressa et avala une bonne goulée de café. Ah, ça va mieux. Il faut que je m'habille ; mais d'abord, je vais consulter mon horoscope.

Elle s'installa devant son ordinateur, chaussa ses lunettes et fit courir ses doigts sur son clavier comme si elle avait fait ça toute sa vie. Sur son site d'astrologie préféré, les prédictions pour son signe n'étaient pas très optimistes. *Ce n'est pas le moment de vous lancer dans de nouveaux projets.* Petunia fronça les sourcils avant de regarder d'autres sites, à la recherche de nouvelles plus enthousiasmantes. C'était comme ouvrir cinq ou six gâteaux chinois avant de tomber sur celui qui vous fait plaisir.

Elle trouva enfin ce qu'elle avait envie de lire. *Vous êtes prêt pour un grand changement. Le passé est le passé. Il faut vivre avec son temps. Personne ne le mérite autant que vous.* « Youhou ! s'écria-t-elle tout haut. Je suis bien d'accord ! Je le mérite ! »

Vivre avec son temps, songea-t-elle. Avancer. Quand les enfants étaient là, j'ai mis mes rêves entre parenthèses. C'est maintenant ou jamais ! J'ai bien fait de prendre ces cours d'informatique l'année dernière.

Le monde a tellement changé. Quand j'étais gamine, il n'y avait ni téléphones portables, ni ordinateurs. On avait un téléviseur à antenne, on recevait six ou sept chaînes et les programmes étaient minables. Comment faisait-on pour monter des arnaques avant l'ère du câble et d'Internet ? Ça devait être frustrant. Maintenant, on peut voir grand quand on veut faire main basse sur l'argent des autres. Et loin ! On peut choisir ses pigeons à l'autre bout de la planète !

La porte d'accès au sous-sol s'ouvrit. « Petunia ! s'écria Clarence.

– Je suis là.

– Jade au téléphone ! »

Petunia s'était opposée à l'installation d'un poste au sous-sol. Inutile de donner à quiconque une raison d'y descendre. Quand les enfants leur rendraient visite, elle cacherait les caméras et ferait en sorte que l'endroit ait l'air d'un bureau confortable où elle venait pianoter sur l'ordinateur de temps à autre. « Jade, tu dis ?

– Oui.

– J'arrive. »

Jade, leur cadette, avait décroché son diplôme cinq mois plus tôt. Elle avait fait ses études à San Diego, et au grand dam de ses parents qui voulaient quitter le sud de la Californie, avait préféré rester à la maison et faire la route tous les jours. Clarence et Petunia avaient dû reporter leur projet de quatre ans. À présent, Jade vivait à des milliers de kilomètres de là, dans un minuscule pays dont sa mère n'avait jamais entendu parler. Elle y enseignait l'anglais à des enfants défavorisés. Je ne sais pas de qui elle tient ça, se disait souvent Petunia. Pas de moi, en tout cas.

Clarence, qui se tenait en haut des escaliers, lui passa le téléphone et l'embrassa. « À plus tard. Dépêche-toi ! Tu vas être en retard au travail.

– Je sais », répondit-elle en le poussant par jeu. Puis, s'adressant à sa fille : « Jade, ma chérie, comment ça se passe ? Ça fait deux ou trois semaines que tu es là-bas maintenant. Les gamins sont mignons ? Bon, super, je suis fière de toi… oui… oui… ta sœur va bien. Comme toi, tu sais ; elle essaie de sauver le monde, sauf qu'elle est plus près ! Mais j'y pense, chérie ! Envoie-moi des photos, j'aimerais tellement voir ces petits bouts ! Bien sûr, prends-en une ou deux avec toi ! »

Pas plus, se dit Petunia, sinon, il faudra que je les retouche.

12

De retour à l'hôtel, Regan prit l'ascenseur jusqu'au cinquième étage. Dans le long couloir, elle aperçut un chariot de ménage un peu trop près de sa chambre à son goût. Oh, non ! Pourvu qu'il n'y ait personne, pensa-t-elle tout en s'approchant. Je meurs d'envie de prendre une douche.

Elle dépassa le chariot chargé de serviettes propres et d'échantillons de produits de toilette et constata avec soulagement que l'employée de l'hôtel s'apprêtait à passer l'aspirateur dans la chambre voisine. J'arrive juste à temps, songea-t-elle en se glissant dans la sienne.

Elle posa son sac sur le bureau et retira ses chaussures. Elle devina en voyant le lit que Jack avait dormi sans bouger un orteil. Il a dû rentrer épuisé, se dit-elle. C'est étrange de savoir qu'il était là sans moi. Heureusement, on aura tout le week-end pour nous.

Ils avaient communiqué par texto plus tôt dans la matinée et décidé de passer la soirée à Los Angeles. Au programme, dîner aux chandelles dans un restaurant italien de Beverly Hills. Ils verraient bien ce qu'ils auraient envie de faire en se levant le lendemain. Je suis bien contente qu'on n'ait pas à courir pour libérer la chambre ce soir – d'autant qu'on a à peine eu le temps de profiter de ce magnifique hôtel.

Regan actionna le bouton NE PAS DÉRANGER et appela le service d'étage pour commander un petit-déjeuner avant de filer sous la douche. Les multiples jets d'eau chaude lui dénouèrent la nuque et les épaules. Elle aurait pu y passer la journée. Elle finit par se sécher et enfiler un peignoir. J'ai faim, se dit-elle. Remarque, c'est normal, je n'ai mangé qu'une tartine chez Zelda.

Elle s'allongea sur le lit, du côté où Jack avait dormi, et respira son odeur sur l'oreiller. Il me manque.

Ses pensées se tournèrent vers Zelda. Elle traverse un moment difficile ; ce serait tellement plus facile si elle avait quelqu'un comme Jack dans sa vie. Ses amis sont chouettes, et Norman est d'une compagnie agréable, sans aucun doute, mais sur qui peut-elle vraiment se reposer ? Elle est plutôt seule, en fait. Dire que pas plus tard qu'hier, elle a découvert que son père venait d'épouser une femme qu'il connaît à peine. Sans même lui en parler avant. Ça l'a bouleversée. Comment j'aurais réagi à sa place ? J'en frémis rien que d'y penser. Mais ce genre de chose ne risque pas de m'arriver, se dit-elle. Elle se mit à rire. L'idée que son père se marie à Las Vegas sur la banquette arrière d'une voiture était tellement absurde ! Non… je ne sais pas ce qu'il ferait s'il se retrouvait seul, mais certainement pas une chose pareille.

Regan tira le drap sur elle. Je vais aider Zelda du mieux que je peux. En tout cas, j'espère que son conseiller financier est réglo. Il ne m'a pas semblé roublard mais ça ne fait pas de lui un honnête homme. Je devrais peut-être interroger Zelda sur ses affaires aujourd'hui. Elle s'inquiète déjà pour son père – suffisamment pour vouloir se renseigner sur sa nouvelle épouse –, mais je me demande ce qu'elle sait sur les gens qui bossent pour elle. Et j'aimerais bien en savoir plus sur son travail de coach aussi.

Tout à coup, elle repensa au couteau. J'espère que les employés de l'hôtel ne font pas de contrôle de sécurité, se dit-elle en se redressant. S'ils ouvrent le coffre ! Cette histoire m'est complètement sortie de la tête quand j'ai confié les clés au voiturier. J'aurais dû passer au poste de police. Je vais faire le crochet en retournant chez Zelda. Inutile d'attendre Jack. On n'aura qu'une envie quand il rentrera : commencer notre week-end en amoureux. Et puis ils me connaissent dans les commissariats du coin ; je travaillais ici avant.

Regan n'était pas tranquille. Elle alla prendre son ordinateur portable puis, adossée à la tête de lit, elle lança une recherche sur le domaine des Scrump. Rien. Se peut-il qu'il appartienne à un trust ? S'ils ne s'en servent pas, pourquoi le gardent-ils ? La propriété est immense ; elle fait toute la rue ; personne autour. Dans sa tête, toujours la même question : que pouvait-on bien faire dans les bois avec un couteau pareil ?

Son téléphone se mit à sonner. C'était sa mère, Nora.

« Bonjour, maman.

– Bonjour, Regan. Comment se passe votre petit séjour ?

– Un peu étrange, à dire vrai.

– Ah bon ? Raconte.

– Tu te souviens de ce jeu télévisé auquel j'ai participé ?

– Comme si c'était hier ! Tu as failli remporter le gros lot et finalement tu es repartie avec une douzaine de paquets de macaronis et des bigoudis électriques que tu n'as jamais utilisés. Tu parles d'un prix de consolation !

– Tu as une mémoire d'éléphant !

– Ce n'est pas inutile dans mon métier ! Mais revenons-en à nos moutons.

– C'est cette fille, avec qui j'avais sympathisé au studio, tu sais, Zelda ?

– Attends, celle qui est passée juste après toi ?

– C'est ça.

– Je me rappelle. Il faut dire que depuis, on a vu et revu l'enregistrement.

– Tu as toujours aimé me mettre mal à l'aise, dit Regan pour plaisanter.

– Pas du tout. Tu faisais une de ces têtes quand tu as perdu ! C'était comique ! Je n'aurais pas voulu être à la place de ta partenaire ! Tu avais l'air de vouloir lui tordre le cou.

– Mais j'y ai pensé, figure-toi ! Bref, il se trouve qu'hier, j'ai croisé Zelda. »

Regan raconta les évènements de la veille à sa mère.

« Huit millions de dollars ! s'exclama Nora. Pas mal.

– Tu te rends compte ? » fit Regan sans attendre de réponse.

Puis elle termina son récit, sans mentionner l'épisode du couteau.

« Son père s'est marié à l'arrière d'un taxi à Las Vegas ? » Pour Nora, cette nouvelle était sans conteste la plus croustillante.

« Comme je te le dis !

– Ouah ! Ma parole ! » Elle marqua une pause. « Regan, tu imagines ton père ?

– J'y ai pensé moi aussi ! Papa dans un costume noir, la fleur au veston, à l'arrière d'un taxi déglingué, attendant son tour pour passer au guichet !

– Avec le compteur qui tourne ? Impossible !

– Je prendrai des frites avec ça », dit Regan en imitant la voix de son père.

Toutes deux rirent de bon cœur. Luke était un homme tellement fier et grave.

« Désolée, dit Nora en essayant de se calmer. Je ne voudrais pas avoir l'air de me moquer des problèmes de Zelda. D'ailleurs, il faudrait que je sois morte et enterrée pour que ton père se retrouve dans cette situation ; je ris de moi-même, en fait !

– Je sais, maman. Zelda a cherché à en rire elle aussi. C'est vrai que par amour, on peut faire n'importe quoi ! C'est le sujet préféré des paroliers… Sauf que pour elle, c'est moins drôle parce que c'est bien réel.

– La pauvre, dit Nora. J'espère sincèrement que tu ne vas rien trouver de honteux sur cette femme et que Zelda apprendra à l'apprécier. Mais dans le cas contraire, il faudrait que ce soit suffisamment moche pour que son père prenne ses jambes à son cou. Qu'il n'ait aucun doute.

– J'ai l'impression que pour Zelda, un truc vraiment horrible ferait l'affaire.

– Changeons de sujet. Qu'allez-vous faire demain ? Une promenade dans le pays du vin ?

– Je ne sais pas.

– C'est drôle ; l'autre jour, je dédicaçais des livres pour diverses collectes de fonds et, tu me connais, j'aime bien savoir où je les envoie. Je regarde toujours sur la carte accrochée au mur. Bref, une des demandes venait d'une petite ville au nord de Los Angeles. La lettre m'a paru un peu bizarre mais j'ai quand même envoyé un exemplaire ; mon secrétaire avait déjà préparé l'enveloppe.

– Bizarre ? Comment ça ?

– Je ne... »

On frappa à la porte de la chambre d'hôtel. « Service d'étage ! »

Regan mit la main sur le micro. « J'arrive ! » Puis à sa mère : « Maman, je dois y aller. Mon petit-déjeuner m'attend. »

Trois grands coups sur la porte. « Service d'étage !

– J'arrive ! cria Regan.

– Regan, tiens-moi au courant.

– Promis. »

Regan alla ouvrir la porte. Le serveur, qui avait un sourire jusqu'aux oreilles, respirait le calme et la sérénité.

« Bonjour, madame Reilly. J'espère que vous passez une agréable journée.

– Super.

– Où souhaitez-vous prendre votre petit-déjeuner, madame ? »

D'après toi ? maugréa Regan *in petto*. Elle se força à lui rendre son sourire. « Posez-le sur la table. Je retiens la porte. »

Son téléphone se mit à sonner.

Le serveur avança le chariot de service mais les roues se coincèrent sur la barre de seuil, faisant tressauter la verrerie et l'argenterie. « Zut ! Je recommence. » Il recula le chariot et le poussa de nouveau.

« C'est bon ? » demanda Regan avant de se précipiter vers son téléphone. Trop tard. Elle regarda le numéro : Jack ! Elle rappela aussitôt mais tomba directement sur sa boîte vocale. Elle attendit un message. En vain. Il avait probablement profité d'une minute de liberté pour lui faire un petit coucou avant de couper son portable. Elle aurait donné n'importe quoi pour lui parler.

« Madame Reilly, puis-je vous servir une tasse de café ? »

Agacée et frustrée, Regan n'avait qu'une envie : l'envoyer paître. Puis elle manqua d'éclater de rire. Je parie que je fais la même tête qu'au moment où j'ai perdu à *Pyramide*. Une tête de folle furieuse. Ah, l'amour et l'argent rendent dingue, ça ne fait aucun doute !

13

Une fois seule, Zelda annula ses rendez-vous avec ses clients avant de sombrer dans le sommeil. La tête lui tournait toujours lorsqu'elle se leva une heure plus tard pour aller à la salle de bains. Je ne vais pas pouvoir rester debout, pensa-t-elle. Norman ne fut pas surpris de la trouver au lit en revenant dans la chambre.

« J'ai dû me recoucher, annonça Zelda.

– Je te l'ai dit, répondit-il gentiment. Tu ne seras pas sur pied avant demain.

– Qu'est-ce qui a pu me mettre dans un tel état ? demanda Zelda, les yeux fermés, les bras croisés sur le front.

– À mon avis, ça n'a rien à voir avec ce que tu as mangé hier soir : les symptômes d'une intoxication alimentaire ne se manifestent pas si vite. Cela dit, si tes invités appellent pour dire qu'ils sont malades, il faudra vérifier ton assurance. Qu'as-tu mangé plus tôt dans la journée ?

– Rien au petit-déjeuner. Un sandwich bœuf-fromage quand je suis allée faire les courses. Et hier soir, je n'ai pas avalé grand-chose : quelques hors-d'œuvre et un peu de jambon.

– Pour quelqu'un qui recommande une alimentation saine et équilibrée à ses clients...

– Tu connais l'adage : faites ce que je dis...

– Tu veux que j'annule ton déjeuner avec Regan ?

– Non. J'ai des choses à lui dire sur Bobby Jo. Je ne pense pas que ça la dérange de prendre un sandwich dans la chambre. Moi, je n'aurai pas tellement envie de manger, je crois.

– Et Rich ?

– Il va passer en coup de vent ; tu n'auras qu'à le faire monter ici.

– Je vais faire un saut au magasin pour acheter de la salade et de quoi faire des sandwiches. On ne devrait pas servir les restes à Regan. On ferait mieux de tout jeter d'ailleurs.

– Tu peux me rapporter de la soupe japonaise au poulet ? Tu sais, celle qu'on adore ? Avec un peu de chance, je pourrai en manger un peu.

– D'accord. Ne t'inquiète pas, ça va très vite aller mieux.

– J'espère. Norman, tu crois que quelqu'un a pu mettre quelque chose dans mon verre ?

– Pourquoi tu penses à ça ?

– Je ne sais pas.

– Je ne vois pas tes amis faire une chose pareille. Les extras non plus. Quelle raison auraient-ils ? Quant à Rich, Heather et Gladys, ils ont tout intérêt à ce que tu restes en bonne santé. Si tu meurs, finie la gestion du gros portefeuille ! Bobby Jo, en revanche... ! ajouta-t-il en ricanant.

– Norman, tu tiens vraiment à me contrarier.

– Pardon. Je n'aurais pas dû. C'était une plaisanterie de mauvais goût.

– Si tu veux tout savoir, tu es dans mon testament. Mais il y a des choses que j'envisage de modifier.

– Quoi ? Zelda, tu es mon amie. Je ne voulais pas...

– Écoute-moi, tu veux ?

– D'accord.

– J'ai prévu de laisser des sommes généreuses à quelques amis très proches, dont toi, et de léguer tout le reste à mon père. Mais hors de question que cette bonne femme en hérite à sa mort. J'ai entendu parler de fonds en fidéicommis ; je voudrais en ouvrir un, comme ça, s'il m'arrive quelque chose, papa aura de l'argent à disposition jusqu'à la fin de ses jours. Ensuite, tout vous reviendra, à toi et mes autres amis. Tu peux dire merci à Bobby Jo. Sans elle, je ne ferais pas ces modifications. »

Norman avait noté mentalement les mouvements successifs de la fortune de son amie. « Zelda, balbutia-t-il, je mourrais de chagrin s'il t'arrivait quelque chose ! Sans plaisanter, je préfère t'avoir dans ma vie qu'avoir ton argent sur mon compte. Je le pense vraiment !

– Je sais, Norman. Je n'en doute pas une seconde. C'est pour ça que je te fais confiance, et que je veux ce qu'il y a de mieux pour toi. J'aimerais te voir plus heureux. »

Norman s'affala sur la chaise. « Ce n'est pas facile, je ne sais pas trop où va ma vie. J'adore travailler pour toi, mais ce n'est pas un vrai métier ; j'ai besoin de plus.

– Qu'as-tu vraiment envie de faire ?

– Bonne question, répondit Norman, les yeux rivés au sol en pianotant sur la chaise.

– La réponse est en toi, j'en suis sûre. C'est toujours par là que je commence avec mes élèves. Qu'as-tu vraiment envie de faire ?

– Chanter.

– Je ne t'entends pas.

– Chanter, répéta Norman à peine plus haut.

– Quoi ?

– Chanter, cria-t-il.

– Ah ! Voilà ! Tu veux chanter ?

– Oui ! Quand je chante, je me sens vivant, galvanisé. Les applaudissements...

– Les applaudissements ? Comment ça ?

– Dans les bars karaokés, le soir.

– C'est un bon début.

– Oui ! Et je prends des cours de chant – ce qui me ruine.

– Qu'est-ce que je dis toujours à mes élèves ?

– Foncez !

– Exact.

– Mais parfois, ça fait mal au porte-monnaie.

– Qu'à cela ne tienne ! Tes cours, je te les offre !

– Vraiment ?

– Oui. Si tu veux tout savoir, je ne fais pas payer un sou à certains clients. Il m'arrive même de prendre en charge une partie de leurs dépenses.

– Ah bon ?

– Oui. Uniquement quand ils n'ont pas les moyens. Et puis, je ne ferai pas ça éternellement. Ils disent tous qu'ils me rembourseront un jour. On verra bien.

– Tu t'investis beaucoup avec tes élèves pour quelqu'un qui n'a pas besoin de travailler pour vivre.

– Je le fais parce que j'aime ça. C'est comme toi avec la chanson. Ça me rend heureuse d'aider les gens à prendre confiance en eux. Il leur faut juste un petit coup de pouce.

– Et un peu de flouze !

– Norman !

– Désolé.

– Toi, on ne peut pas t'accuser d'en avoir après mon argent ! Tu serais plus gentil avec moi !

– Tu l'as dit ! »

Zelda se mit à rire. « J'ai toujours su que tu étais content pour moi. Ce qui n'est pas le cas de tout le monde. Mais la jalousie est dans la nature !

– Ce serait un peu fort de te reprocher ta fortune. D'ailleurs, je n'ai jamais mis mon nez dans tes finances.

– C'est vrai, Norman. Tu sais quoi ?

– Quoi ?

– Parfois, tout cet argent me cause plus de problèmes qu'autre chose.

– Je voudrais bien avoir tes problèmes !

– Je suis sérieuse. Prenons l'exemple de cette collecte de fonds où j'ai remporté l'enchère sur la maison. Pourquoi j'y suis allée ? Je ne connaissais personne. Je ne sais même pas comment ils ont eu mon adresse et mon numéro de téléphone.

– Il suffit que tu sois sur un listing, un seul, et ensuite, tu es grillée.

– Toutes ces ventes et autres œuvres de charité, ça n'en

finira jamais. Tu achètes des billets ; une fois sur place, tu donnes encore parce que sinon, tu te sens coupable ! Je te rappelle que c'est à cause de ça qu'on est ici cette semaine !

– Disons que c'est une expérience !

– À qui le dis-tu ! Bon, il faudrait faire les courses ; et puis je voudrais que tu passes chez moi pour récupérer les papiers concernant cette association caritative et cette maison. Tu trouveras ça sur mon bureau. J'aimerais que Regan y jette un œil.

– Bonne idée. Quel trou à rats, cette baraque !

– Tu exagères. Je vais essayer de dormir un peu maintenant.

– D'accord. Je t'aime, Zelda.

– Moi aussi je t'aime, Norman, répondit-elle en souriant. Et interdiction de me faire des cachotteries comme mon père ! Sinon, je te zigouille, compris ? »

Norman éclata de rire et quitta la chambre.

14

Au lendemain de la fête où elle avait travaillé comme extra, Maggie dormit jusqu'à neuf heures dans son studio de West Hollywood. Situé dans une résidence plutôt agréable sur Kings Road, l'appartement était toutefois en sous-sol, rendant difficile toute tentative de savoir le temps qu'il faisait ou même l'heure qu'il pouvait être. Des portes-fenêtres coulissantes qui couraient sur toute la longueur de la petite pièce donnaient sur un étroit patio et un mur en béton. En haut du mur, des barreaux de sécurité soudés au bâtiment ne laissaient entrer dans le studio que peu de lumière du jour.

Du café, pensa Maggie, il me faut du café. Elle enfila un jogging, attrapa ses clés, glissa un billet de dix dollars dans sa poche et quitta l'appartement non sans fermer à double tour les deux verrous. Elle descendit le couloir jusqu'à une porte en métal qui ouvrait sur l'extérieur, monta quelques marches et se retrouva sur le trottoir.

« La fin du monde n'a pas eu lieu », marmonna-t-elle en respirant l'air frais du matin. Malgré tous ses efforts pour faire de son appartement un espace accueillant, elle s'y sentait confinée. Aussi chaque matin, à peine avait-elle ouvert l'œil qu'elle sortait pour prendre son café – une habitude coûteuse mais indispensable à sa santé mentale. Sans compter qu'à Gelson's Market, tout près de chez elle, on trouvait le meilleur café de la ville. Aujourd'hui, je vais peut-être même m'offrir un muffin à la banane, se dit-elle.

En chemin elle croisa plusieurs personnes avec leur chien qui lui adressèrent un signe de tête ou un sourire. Mon appartement n'est pas génial, se dit-elle, mais le quartier est très sympa.

Maggie aurait pu trouver un logement plus agréable si elle avait envisagé la colocation. Mais une expérience malheureuse à l'époque où elle était à Chicago avait suffi à la dissuader d'essayer de nouveau. Elle était tombée sur une petite annonce en ligne : femme vivant dans trois pièces modernes sur Wilshire Boulevard, Westwood, cherche colocataire pour partager loyer. La femme en question, une quinquagénaire, s'était avérée complètement cinglée : elle passait ses nuits à descendre des pichets de margarita, la télévision à fond. Au bout d'une semaine, elle avait débarqué dans la chambre de Maggie à deux heures du matin en brandissant une paire de ciseaux, l'accusant d'avoir volé ses citrons verts bio.

Terrifiée, Maggie avait compris qu'elle n'oserait plus jamais fermer l'œil dans cet appartement. Elle avait verrouillé sa porte, rassemblé ses affaires et attendu que l'autre folle sorte pour « retrouver un client » à midi. Elle avait alors quitté les lieux sans se retourner, définitivement vaccinée contre la colocation.

Une fois au marché, Maggie se dirigea directement vers le rayon boulangerie où flottaient de bonnes odeurs de pains frais et de pâtisseries. J'aurais tort de me priver, se dit-elle en commandant un muffin avec son café. Après tout, j'ai travaillé dur hier soir.

En rentrant chez elle, elle repensa à la soirée de la veille. Cette dame plus âgée, Gladys, l'avait beaucoup fait rire. Elle était venue dans la cuisine à trois reprises pour faire un petit coucou et voir s'il ne restait pas un peu de ses hors-d'œuvre préférés. Quand elle avait découvert que les extras étaient tous comédiens, elle leur avait confié que, plus jeune, elle rêvait d'être actrice mais que ses parents s'y étaient opposés. Ils l'avaient inscrite d'office dans une école de secrétariat où elle avait appris la comptabilité.

« Je n'aurais jamais dû les écouter, avait-elle dit en avalant un pétoncle au lard.

– Il n'est jamais trop tard, avait répondu Maggie. Vous êtes rigolote, c'est un atout. Dernièrement, j'ai lu un article sur les actrices qui se mettent à jouer passé un certain âge ; elles réussissent très bien. »

Il n'en avait pas fallu davantage pour qu'elles échangent leurs numéros de téléphone.

De retour dans sa grotte – surnom qu'elle avait donné à son studio –, Maggie s'installa devant son ordinateur avec son café pour lire les derniers avis d'audition publiés sur le Net. Comme la plupart des jeunes comédiens, elle faisait le maximum pour trouver du travail elle-même. De toute façon, son agent n'était pas fichu de lui décrocher un rôle et, pour couronner le tout, elle ne pouvait pas prétendre à ceux que la Screen Actors Guild[1] réservait à ses membres.

Les projets indépendants étaient certes un bon moyen d'acquérir de l'expérience, mais comme ils n'étaient pas soumis à une réglementation stricte, les comédiens ne savaient jamais trop où ils mettaient les pieds.

Maggie buvait son café tout en faisant défiler la page. Je ne suis pas une reine de beauté mais pour les personnages comiques, j'ai toutes mes chances, songea-t-elle en notant les coordonnées des productions offrant des rôles qui semblaient lui correspondre. Pas de quoi décrocher un Oscar, mais ce serait déjà ça. Tout est bon pour étendre mon réseau.

Après avoir envoyé sa photo et son curriculum vitae à plusieurs productions, elle s'intéressa de plus près aux rôles destinés à des femmes plus âgées. Deux d'entre eux semblaient taillés pour Gladys. Elle se leva et prit son téléphone portable sur la table près de son lit. Je vais lui dire d'envoyer sa photo, songea-t-elle. Il faut qu'elle tente le coup, d'autant qu'il ne devrait pas y avoir trop de concurrence. Inutile de préciser qu'une femme de l'âge de Gladys n'appartenant pas à la SAG était soit une débutante, soit une actrice calamiteuse.

Mais, en composant le numéro, Maggie se prit à hésiter. N'en faisait-elle pas un peu trop ? Gladys avait certes dit qu'elle avait toujours rêvé de devenir comédienne, mais

1. Screen Actors Guild (SAG) : syndicat professionnel des acteurs de cinéma et de télévision créé en 1933.

n'était-ce pas là pures mondanités ? Primo, elle a un travail ; deusio, elle sera certainement trop gênée pour envoyer sa photo, même si ça l'intéresse. Je sais ce que je vais faire ! Ça donnera peut-être quelque chose !

La veille au soir, les quatre extras avaient profité de ce que Norman se trouvait au salon, son assiette sur les genoux, pour se prendre en photo devant les fameux appareils ménagers roses. Ayant travaillé aux quatre coins de Los Angeles, ils avaient préparé des repas dans des cuisines ultramodernes et dans d'autres, bien plus modestes, mais aucun n'avait encore vu une cuisine comme celle des Scrump. Gladys les avait surpris en train de photographier le linoléum déchiré.

« C'est quelque chose, cet endroit, hein ? » avait-elle plaisanté. Elle leur avait proposé de les prendre tous ensemble. Puis Maggie lui avait demandé de poser avec elle.

« Quelle idée !

– Allez, venez ! Vite ! Norman ne va pas tarder à rappliquer ! »

L'autre serveuse avait pris plusieurs photos. Gladys, qui était plutôt photogénique, avait joué le jeu sans se faire prier.

Je vais en choisir une, la recadrer, l'agrandir et l'envoyer avec mon numéro, pensa Maggie. Si on me contacte pour qu'elle auditionne, je l'appellerai !

Quelle surprise ce sera pour elle !

15

En retournant chez les Scrump, Regan s'arrêta au commissariat de secteur où elle fut accueillie par un policier brun et moustachu installé derrière le comptoir.

« Je peux vous aider ?

– Oui, répondit-elle en montrant sa carte d'identité. Regan Reilly, détective privé. J'avais un cabinet à Hollywood avant. Maintenant, je vis à New York où mon mari est chef de la brigade spéciale. À l'heure qu'il est, il doit être à la réunion animée par le commissaire de la police de Los Angeles.

– Reilly, vous dites ? demanda l'agent en levant les sourcils d'un air réservé mais sympathique.

– C'est ça. Une de mes amies a participé à une collecte de fonds et gagné un séjour d'une semaine dans un manoir là-haut dans les collines. Le domaine des Scrump. Hier soir, elle y a organisé une fête. J'ai passé la nuit sur place car elle est tombée malade. Ce matin à la première heure, je suis allée récupérer ma voiture qui était garée tout au bout de la rue. Il n'y a pas d'autres habitations. C'est un endroit assez isolé.

– Vous connaissez l'adresse ? »

Regan la lui donna et poursuivit : « Avant de me mettre au volant, j'ai voulu jeter un œil à un chemin de randonnée dont on m'avait parlé la veille. J'ai commencé à m'enfoncer dans les bois mais j'ai changé d'avis. Là, j'ai aperçu quelque chose de brillant sous les feuilles. Un couteau de boucher flambant neuf. Inutile de vous dire que j'ai trouvé ça plutôt surprenant. »

Le policier étouffa à peine un grognement. « Génial. Et il est où maintenant, ce couteau ?

– Dans mon coffre. J'ai pensé que ce n'était pas une riche idée de pénétrer dans un commissariat avec un énorme couteau, visible ou dissimulé.

– Vous avez bien fait. Un individu qui se promène dans les bois avec ce genre d'objet, c'est très préoccupant. Beaucoup de gens font de la randonnée seuls.

– C'est aussi ce que je me suis dit. »

Un autre agent, du nom de Hector Ramone, prit la déposition de Regan avant de l'accompagner jusqu'à sa voiture. Lorsqu'elle ouvrit le coffre, il ne put s'empêcher de siffler. « Ce n'est pas fait pour graver les initiales de sa petite chérie dans un tronc, ça ! » fit-il remarquer en enfilant un gant en latex avant de glisser le couteau dans un sachet en plastique. « À mon avis, ils vont intensifier les patrouilles dans toute la zone. Votre amie reste là-bas jusqu'à lundi, c'est ça ?

– Oui.

– Elle n'est pas seule, si ?

– Non. Son assistant lui tient compagnie. Que savez-vous sur la propriété des Scrump ?

– Pas grand-chose. À ma connaissance, personne n'a jamais eu besoin de nos services là-bas.

– La maison donne l'impression d'être inhabitée depuis des années et elle est plutôt délabrée. Je trouve ça étrange d'offrir un séjour là-bas dans le cadre d'une vente de charité. C'est loin d'être le Ritz. »

Hector se mit à rire. « Je vais voir ce que je peux trouver.

– Si vous tombez sur une info intéressante, appelez-moi, lui dit-elle en lui donnant sa carte.

– Entendu. »

Regan quitta le parking du commissariat en proie à un sentiment de menace qui n'avait, à ses yeux, plus rien d'imaginaire.

16

À peine Norman avait-il tourné les talons que Zelda reçut un coup de fil de Rich.

« Je sors d'un rendez-vous avec un client dans le coin. Est-ce que je peux passer maintenant ?

– Oui, mais je te préviens, mon estomac me joue des tours. Je suis encore au lit.

– Ce n'est pas grave.

– Écoute, Norman est sur le point de sortir faire quelques courses. Mon amie Regan que tu as rencontrée hier soir vient déjeuner. Je ne crois pas que j'aurai la force de descendre pour t'ouvrir.

– Qu'il m'attende ! Je n'en ai que pour quelques minutes.

– D'accord. » Zelda raccrocha et appela Norman sur son portable dans la foulée. Il était dans la cuisine, sur le point de partir. « Rich arrive. Tu peux rester encore un peu ?

– Je vais laisser la porte ouverte et patienter dans la voiture. »

Norman n'avait qu'une hâte : mettre un disque dans l'autoradio et chanter à pleins poumons. Maintenant que

Zelda me paie mes cours de chant, tout est possible, pensa-t-il.

« Tu sais quoi ? Inutile d'attendre, file.

– Pas question !

– Okay. À plus tard. »

Norman faisait claquer ses doigts et chantait avec les Jersey Boys quand Rich gara son bolide de snobinard à côté de sa voiture dans l'allée. Il baissa la vitre côté passager. « C'est ouvert. Ferme à clé derrière toi.

– D'accord », répondit Rich en lui faisant un signe de la main tandis que Norman rejoignait la route.

Il prit sa mallette et, une fois dans la maison, monta directement au premier.

« Zelda ? dit-il en toquant à la porte de sa chambre restée ouverte.

– Entre.

– Je suis navré de te trouver dans un état pareil.

– J'ai mangé quelque chose qui ne m'a pas réussi.

– Je t'ai rapporté du thé du magasin de produits diététiques, dit-il en sortant un gobelet en carton d'un sac en papier kraft. Il paraît qu'il n'y a pas mieux contre les maux de ventre. »

Zelda se redressa dans son lit et goûta la décoction. « Original, dit-elle avant de prendre une autre gorgée. Sans vouloir te vexer, et sans mauvais jeu de mots, ce n'est pas ma tasse de thé. Trop exotique ; je préfère les marques classiques.

– Pas de problème, répondit Rich en riant. J'espérais que ça t'aiderait à te sentir mieux.

– J'apprécie ton geste, vraiment. » Zelda reposa la tête sur l'oreiller. « Laisse-le là. J'en reboirai peut-être un peu.

– Bien sûr. Mais je ne serai pas vexé si tu ne le fais pas. »

Zelda se redressa de nouveau et avala une autre gorgée en faisant la grimace. « Désolée, Rich.

– Ne t'inquiète pas. » Il referma le gobelet avant de le remettre dans le sac. « On ne peut pas gagner à tous les coups ! Je vois bien que tu es patraque, donc je ne vais pas t'embêter longtemps. Je pars cet après-midi avec Heather : on va se mettre au vert une petite semaine. Je voulais d'abord te parler de deux ou trois choses.

– Moi aussi j'ai à te parler. Je veux modifier mon testament.

– À cause du mariage de ton père ? demanda-t-il avec sollicitude.

– Oui », répondit Zelda, la voix étranglée.

Rich s'assit sur la chaise près du lit. « Je suis désolé de ce qui arrive, Zelda. Je t'ai déjà parlé de mon enfance. Ma mère est morte quand j'étais petit et, quelques années plus tard, mon père s'est remarié. Mais ce que je ne t'ai jamais dit, c'est qu'au début, je ne l'aimais pas du tout, sa nouvelle femme.

– C'est vrai ?

– Oui. Il s'avère qu'en réalité, elle est super. Peut-être que vous deviendrez bonnes copines avec la femme de ton père.

– Ça m'étonnerait. Mais elle va bientôt avoir l'occasion d'essayer de me plaire : ils débarquent ce soir.

– Non ? Déjà ?

– Eh oui ! Ils tenaient à voir cet endroit. S'ils savaient !

– Il faut reconnaître que cette maison n'est pas banale ! Mais, dis-moi, que souhaites-tu faire pour ton testament ? »

Zelda lui exposa son idée.

« Un fonds en fidéicommis ? Pas bête. Le cabinet de Heather gère ce genre de choses ; elle connaît ça mieux que moi. Je lui en toucherai deux mots ce week-end.

– Ça devient sérieux tous les deux ?

– Je crois, oui. C'est quelqu'un de spécial.

– Tout le monde trouve l'âme sœur autour de moi. Si tu te maries, tâche de me prévenir avant s'il te plaît.

– Tu seras la première informée. Mais je suis sûr qu'on guinchera bientôt à ton mariage !

– Je t'en prie, arrête. Bon, de quoi voulais-tu me parler ? » demanda Zelda d'un air las.

Elle n'avait qu'une envie : se laisser tomber dans les bras de Morphée.

« Eh bien, j'épluchais tes comptes l'autre jour. Force est de constater qu'entre les bonnes œuvres et tes élèves, tu n'as pas regardé à la dépense.

– Après tout ce que j'ai reçu, je crois devoir rendre service.

– Ce qui est tout à ton honneur. Mais il te faut songer à ton avenir. Je sais que tu veux rester prudente, mais tu n'as aucun intérêt à garder des liquidités importantes. Si tu ne fais pas fructifier ton argent, ta trésorerie ne fera que diminuer. Tu as l'impression d'être assise sur une fortune, mais elle ne durera pas toujours si tu ne... »

Zelda avait les paupières lourdes et ne comprenait pas grand-chose à son bla-bla de financier.

« Je pense qu'il serait judicieux d'investir dans de jeunes entreprises. Elles présentent un risque certes plus élevé mais si elles décollent, leurs actions peuvent rapporter des sommes colossales. Prends une compagnie comme Google par exemple. Qui aurait pensé qu'elle aurait un tel succès ? Les gens qui ont mis leur argent là-dedans dès le départ doivent se féliciter. On m'a parlé d'une boîte qui va lancer une toute nouvelle vitamine. Ils vont inonder le marché et je vais te dire pourquoi. Ils proposent un produit révolutionnaire, adapté à tous, sans distinction d'âge ou de sexe. Les autres marques n'ont aucune chance de résister à ce raz-de-marée. Si ça t'intéresse, il faut se lancer dès aujourd'hui.

– Tu crois que je devrais investir dans une marque de vitamines ? » demanda Zelda qui avait toutes les peines du monde à garder les yeux ouverts.

« Je mentirais si je disais le contraire. Zelda, tu dois faire fructifier ton argent et, pour cela, il faut prendre des risques. »

Trop fatiguée pour prendre ses lunettes dans le tiroir, elle signa un document sans même le lire. Tout ce qu'elle voulait, c'était fermer les yeux. Ne t'endors pas, se dit-elle. Pas avant qu'il soit parti. Mais Rich avait à peine rangé les papiers dans sa serviette qu'elle ronflait déjà.

Quand elle se réveilla, il n'était plus là.

17

Dans le salon de leur suite d'hôtel, Roger attendait patiemment que Bobby Jo ait fini de se pomponner pour descendre prendre le petit-déjeuner. Le manager de l'établissement les avait surclassés à leur retour de la chapelle de mariage.

« Quelle heureuse nouvelle ! » avait-il dit lorsque Bobby Jo avait annoncé à la réception qu'elle rendait sa chambre pour s'installer dans celle de son mari. « Si vous ne gardez qu'une chambre, je crois que vous devriez prendre vos quartiers dans l'une de nos suites nuptiales, non ?

– Youpi ! » s'était-elle exclamée, folle de joie.

J'ai une de ces migraines, pensa Roger, que la seule vue d'une bouteille de champagne vide dans un seau à glace rendait nauséeux. On a tellement bu ces deux derniers jours. Les bulles, c'est terminé ! Mais l'excès d'alcool n'expliquait pas tout : le malaise était plus profond. Trois mois avec Bobby Jo vingt-quatre heures sur vingt-quatre, le mariage à la va-vite… il avait l'impression d'être dans une sorte de brouillard. Ce matin, sa première femme lui manquait plus que jamais.

« Je suis bientôt prête, chéri !

– Prends ton temps », répondit-il, envahi par la honte.

Bobby Jo est quelqu'un de bien. Elle a su garder le sourire malgré la mort de son mari il y a quelques années. Je ne devrais pas penser à la mère de Zelda. Rien ne peut la ramener. Il faut vivre dans le présent. Cela dit, je suis sûrement allé un peu vite sur ce coup-là. Sans compter que tenir Zelda à l'écart n'était pas la meilleure chose à faire. On a traversé des moments difficiles, elle et moi. Si elle m'appelait pour m'annoncer qu'elle est mariée, je le prendrais vraiment mal. C'est à moi de la conduire à l'autel ! Je suis son père, sacrebleu !

Roger déplia le journal et se mit à le feuilleter. Tiens, un article sur le divorce. « Les secondes noces ont plus de chances d'échouer que les premières. » Oh, non, songea Roger en jetant le journal. Le mariage est un engagement. Ça demande des efforts.

« Je suis prête, s'écria Bobby Jo en ouvrant la porte de la salle de bains. Tu me trouves grosse dans ce short ? »

Roger ne put s'empêcher de rire. « Pas du tout ! Tu es ravissante ! »

Elle s'approcha de lui et l'embrassa. « On y va. Je meurs de faim. »

La salle de restaurant était grande et richement décorée : murs orange, lustres en cristal. On y percevait le brouhaha musical du casino. « Bienvenue aux jeunes mariés, dit le maître d'hôtel avec un large sourire.

– Quand je pense qu'on s'est dit oui il y a tout juste trente-six heures ! répliqua Bobby Jo, toute guillerette.

– Magnifique ! Si vous voulez bien me suivre. »

Il les installa dans un coin à l'écart. « Bien, fit-il une fois qu'ils furent assis. Désirez-vous un cocktail ? Ou peut-être une bouteille de champagne ?

– Avec plaisir, dit Bobby Jo tout excitée. Roger, on prend une bouteille ?

– Merci, mais je ferais mieux d'attendre, répondit-il en levant la main. Pas de champagne pour moi. »

Bobby Jo se replia sur un cocktail.

« Je prendrai un café, dit Roger.

– Parfait. J'envoie la commande. Le buffet est à votre disposition. Bon appétit.

– Allez, viens Roger, dit Bobby Jo en se levant. J'ai l'estomac dans les talons. »

Sur le buffet, il y avait absolument tout ce qu'on peut souhaiter manger au petit-déjeuner. Roger commanda une omelette aux légumes et mit des tartines à griller en attendant qu'elle soit prête. Bobby Jo remplit son assiette de crêpes à la myrtille et se servit des tranches de bacon bien croustillantes. Ils retournèrent à leur table et attaquèrent de bon cœur.

« J'ai hâte de voir le manoir où Zelda passe la semaine, dit Bobby Jo après avoir avalé la moitié de son assiette. J'aimerais vraiment qu'on file tout de suite après le petit-déjeuner.

– Chérie, rappelle-toi, on en a déjà parlé. Ce n'est pas prudent de traverser le désert au moment le plus chaud de la journée.

– C'est vrai. À quelle heure on part alors ?

– Vers seize heures.

– Bien. On y sera vers vingt et une heures. On pourra

peut-être encore dîner en ville. Los Angeles ne manque pas de bons restaurants et c'est toujours plein de vie !

– On verra à quelle heure on arrive ; on décidera une fois sur place.

– Quand je pense à tout ce que je vais avoir à faire en rentrant, dit Bobby Jo en buvant son café. D'abord, me débarrasser de mon appartement. Mes affaires ne rentreront jamais chez toi. On devrait peut-être acheter une nouvelle maison. »

Roger s'éclaircit la voix : « Bobby Jo, je ne crois pas que ce soit une bonne idée à notre âge.

– N'oublie pas que j'ai six ans de moins que toi, répondit-elle en souriant.

– Je ne l'oublie pas. Je reformule : à mon âge, je n'ai aucune envie de m'endetter.

– Je suis sûre que Zelda te prêterait l'argent.

– Oui, Zelda ferait n'importe quoi pour moi. Mais il n'est pas question que je lui emprunte quoi que ce soit. Si on avait un problème d'argent, elle serait là. Mais une maison plus grande, ça ne m'intéresse pas du tout.

– Tu as raison. Où avais-je la tête ?

– Nous allons avoir une chouette vie. J'aimerais bien refaire des voyages.

– Moi aussi ! Je ne voulais pas te paraître cupide, dit-elle en lui caressant la main. Je me disais que tu es très ordonné et moi, j'ai tellement de bazar, voilà tout ! Mais ne t'en fais pas, je vais jeter un maximum de choses. Ça ne va pas être facile, ajouta-t-elle en levant les yeux au ciel.

– Ne t'inquiète pas, chérie. Je vais te faire de la place. »

Bobby Jo recula sa chaise. « Je vais chercher des fruits. Je te rapporte quelque chose ?

– Non merci. »

Roger la regarda s'éloigner. Un aide-serveur qui portait un plateau rempli d'assiettes sales faillit lui rentrer dedans. Une assiette tomba par terre. Bobby Jo se baissa pour la ramasser. Tu as fait le bon choix, Roger, se dit-il. C'est quelqu'un de bien. Tu paniques pour rien. Quelques minutes plus tard, il prit son téléphone portable et laissa un message à sa fille.

« Coucou, chérie, c'est papa. Bobby Jo et moi, on quittera Las Vegas vers seize heures. Je voulais juste m'assurer que tout va bien de ton côté. On se disait qu'on t'emmènerait bien dîner dehors en arrivant. Appelle-moi. Je t'aime, mon cœur. Au revoir. »

Bobby Jo le rejoignit au moment où il posait son portable. « Tu as appelé Zelda ?

– Oui, juste pour lui dire un petit bonjour. Ma femme aimait bien lui parler tous les jours. »

Sans un mot, Bobby Jo prit sa serviette et la posa sur ses genoux. Elle croisa les mains et regarda Roger dans les yeux.

Il attendit.

« Roger, dit-elle avec une expression qu'il ne lui avait encore jamais vue. Ta femme, c'est moi maintenant. Jusqu'à ce que la mort nous sépare. »

18

Regan descendait tout juste de sa voiture lorsque Norman revint au manoir.

« Regan ! s'écria-t-il en se garant. J'espère que je ne vous ai pas fait attendre !

– Zelda n'est pas là ?

– Si, mais elle est clouée au lit. J'ignore ce qui l'a rendue malade, mais elle est complètement à plat.

– C'est affreux. Pourvu qu'elle se remette rapidement. »

Regan, déjà chargée de son sac à main et d'une mallette contenant son ordinateur, son imprimante portable et son iPad, aida Norman à sortir du coffre les courses qu'il avait faites et le suivit dans la cuisine. Au-dessus de l'évier, une horloge assortie aux appareils électroménagers indiquait douze heures cinq. « Je vais voir comment elle va.

– Vous me direz quand vous souhaitez déjeuner ?

– Oui. Mais pour l'instant, ça va. »

À l'étage, tout était calme. Regan y trouva Zelda profondément endormie. Étrange. Je vais lui laisser un mot, songeat-elle en prenant du papier dans son sac à main.

Zelda, je vais m'installer en bas. Fais sonner mon portable quand tu seras réveillée. J'espère qu'il y aura du réseau ! Je remonterai voir comment tu vas dans un petit moment. Il est un peu plus de midi. Regan.

Debout devant le réfrigérateur, Norman jetait les restes du dîner dans un grand sac-poubelle lorsque Regan redescendit.

« Zelda dort à poings fermés, annonça-t-elle.

– Ah oui ? fit Norman en reniflant un paquet emballé dans du papier d'aluminium. Beurk ! Poubelle ! Son conseiller financier est passé ce matin ; on s'est croisés. Il l'aura assommée !

– Que voulez-vous dire ?

– Quand il se met à parler actions et obligations, au secours ! On ne l'arrête plus !

– C'est son domaine. Je me dis souvent que je devrais m'intéresser davantage à la finance.

– Et moi donc ! Je n'ai jamais fait mes comptes ! » Il renifla un autre paquet. « Pourquoi je m'embête à tout sentir, moi ? Je jette, point !

– Vous croyez que Zelda a une intoxication alimentaire ?

– Qui sait ? fit Norman en haussant les épaules. Ce matin, elle se demandait si quelqu'un avait pu mettre quelque chose dans son verre.

– Vraiment ?

– Oui.

– Mais c'était sa soirée. C'est le genre de choses qui arrivent dans les bars ou avec des gens qu'on connaît à peine. À votre avis, elle pensait à quelqu'un en particulier ? »

Norman sortit la tête du réfrigérateur et regarda Regan droit dans les yeux. « Vous avez raison ! Si elle se pose la question, c'est qu'elle soupçonne quelqu'un ! J'espère que ce n'est pas moi !

– Aucun risque, Norman. Si elle se méfiait de vous, elle aurait attendu qu'on soit seules pour me demander d'enquêter sur la nouvelle femme de son père.

– Vous croyez ?

– J'ai un sixième sens pour ça. Zelda vous fait une confiance aveugle. » Elle sourit. « Reste à savoir si elle fait bien.

– Regan !

– Je plaisante ! Vous pouvez m'en dire davantage sur cet homme qui est passé ce matin ?

– Le conseiller financier ? Vous l'avez rencontré hier soir. Rich Willowwood, vous vous rappelez ?

– Où travaille-t-il ?

– Dans la vallée. Il a sa propre société d'investissements.

– Comment Zelda l'a-t-elle rencontré ?

– C'est lui qui gérait la fortune de notre fameuse voisine. Difficile de détester l'homme qui vous fait un chèque de huit millions de dollars ! »

Regan réfléchit un moment. « C'est à peine s'il a la trentaine, non ? Ça ne devait pas faire longtemps qu'il s'occupait de son argent.

– Faut croire.

– Et la voisine, quel âge avait-elle ?

– Sujet délicat, dit Norman en levant les yeux au ciel. Ah ! Si seulement j'avais été plus sympa avec elle !

– Son âge, Norman.

– Quatre-vingt-douze printemps. Mais elle en paraissait beaucoup moins. Elle avait la super-pêche !

– Comment s'appelait-elle ?

– Florence Natalie.

– Savez-vous qui veillait à ses intérêts avant Rich ?

– Avant le jeunot, vous voulez dire ? » plaisanta Norman en remontant ses lunettes.

Regan haussa les épaules. « J'imagine que ce qui compte, c'est qu'il fasse du bon boulot.

– Je ne me mêle jamais des finances de Zelda. Je ne veux pas avoir l'air d'attendre quoi que ce soit de sa part. Elle sait bien d'ailleurs que ce n'est pas le cas.

– Je n'en doute pas. J'en apprendrai davantage sur Rich quand Zelda pourra répondre à mes questions. Des infos sur sa petite amie ?

– Heather ? Elle est avocate. Elle travaille pour un cabinet du centre-ville. Zelda a dîné avec eux à plusieurs reprises. Sans moi. Je ne suis jamais invité.

– C'est un vieux couple ?

– Je les ai toujours connus ensemble en tout cas.

– Et Gladys dans tout ça ?

– C'était la comptable de Natalie.

– Donc elle travaille avec Rich depuis un moment.

– Je suppose, oui.

– Heather... ça ne serait pas l'avocate de Zelda ?

– Non. Zelda prend conseil auprès d'un autre cabinet du centre-ville. Comment s'appelle-t-il déjà ? C'est un nom à rallonge. Ils sont six ou sept associés. Faut voir leur papier à en-tête ! Je me demande comment ils décident quel nom vient en premier. Ça doit se chamailler !

– Si ça se trouve, ils tirent à la courte paille ! Bon, je vais installer mon ordinateur sur cette table.

– Internet ne marche pas très bien. Ne me dites pas que ça vous surprend, ajouta-t-il avec malice.

– Je me demande à quoi je pensais !

– Il n'y a pas le câble non plus. C'est l'horreur, j'ai raté toutes mes séries préférées cette semaine !

– Vous parlez d'une affaire, ce séjour dans les collines de Hollywood ! Je serais curieuse d'en savoir plus sur les propriétaires. »

Elle avait à peine fini sa phrase que Norman se précipita vers le comptoir près de la porte où il avait laissé sa sacoche en cuir. Au milieu des partitions de musique, il trouva un dossier intitulé « Propriété des Scrump ». « Zelda m'a demandé de passer chez elle ce matin pour récupérer les papiers qu'on lui a envoyés sur ce palace. Elle tenait à vous les montrer. Vous voulez jeter un œil ?

– Je ne dis pas non, répondit Regan. Ce palace, comme vous dites, n'a pas fini de m'intriguer. »

19

Zelda se réveilla groggy et anxieuse. Elle détestait faire faux bond à ses clients et l'arrivée des jeunes mariés dans la soirée ne l'enchantait guère. Sans parler de son entrevue pour le moins troublante avec Rich. Son petit air condescendant lorsqu'il faisait allusion à sa « générosité » lui restait en travers de la gorge. Pour qui se prend-il à me dire ce que je dois faire de mon argent ? songeait-elle, les yeux rivés au plafond. Et c'était quoi cette histoire d'investissement dans des vitamines ? Qu'est-ce que j'ai signé ?

Elle prit son téléphone portable dont elle avait désactivé la sonnerie plus tôt dans la matinée et essaya de le joindre. Elle tomba directement sur sa boîte vocale.

« Rich, c'est Zelda. Tu peux me rappeler, s'il te plaît ? Merci. »

Elle consulta ensuite ses textos. Un de ses élèves lui souhaitait un prompt rétablissement. « Je voulais te l'annoncer de vive voix mais je ne peux pas attendre et la nouvelle te fera sûrement plaisir. J'ai décroché un contrat pour une publicité ! Merci pour tout. À bientôt. » Un autre lui disait son impatience de la voir la semaine suivante et surtout, qu'elle prenne soin d'elle ! Un troisième – qu'elle avait vu la veille – lui confiait être patraque lui aussi ; qu'elle lui propose un autre rendez-vous, à sa convenance ; ça ne le dérangeait pas du tout !

Tiens, Griff est malade ! Il allait très bien hier quand on a déjeuné ensemble au centre commercial. Et si ce n'était pas une coïncidence ? Elle composa son numéro.

« Salut, Zelda, dit-il d'une voix faible.

– Griff, tu ne te sens pas bien toi non plus ?

– Oh, m'en parle pas !

– Je me demandais ce qui avait pu me rendre malade ; le sandwich bœuf-fromage que j'ai avalé au centre hier ? Mais toi, tu as été raisonnable avec ta salade.

– Tu crois que c'est le sandwich ? demanda Griff d'une voix plaintive. Tu as raison ; c'est sûrement ça.

– Je ne comprends pas. Tu as mangé une salade, non ?

– Quand je suis allé chercher la commande au comptoir, le cuisinier a compris que la salade était pour moi. Ça l'a fait rire. Il restait du bœuf-fromage sur le gril et il m'en a donné. Je ne me suis pas fait prier ! C'était divin !

– Je suis soulagée, tu ne peux pas savoir !

– Que je sois malade ? Je te remercie.

– Ne sois pas bête ! Bien sûr que non. J'avais peur d'avoir servi quelque chose de mauvais à mes invités hier soir.

– Ah, d'accord. À propos, comment ça s'est passé ?

– Bien. C'était sympa. » Zelda jeta un œil aux sacs de courses qu'elle avait montés dans la chambre en rentrant du centre commercial. « J'imagine que tu n'as pas besoin de tes vêtements neufs aujourd'hui ?

– Ça, c'est sûr. Je ne peux pas bouger.

– N'hésite pas à m'appeler si tu veux les récupérer ce week-end. Sinon, on se voit la semaine prochaine.

– Entendu. Merci encore. Je te rembourserai.

– Je sais, répondit Zelda en souriant.

– J'ai vraiment de la chance de t'avoir rencontrée. Je ne sais pas ce que je ferais sans toi.

– Merci, Griff. Ça me touche beaucoup.

– Au revoir ! »

Tu vois, Rich, songea Zelda, c'est pour ça que j'aide les gens. Griff est sincèrement reconnaissant de ce que je fais pour lui. Et il deviendra acteur, je le sens ! Elle consulta ensuite sa boîte vocale. Le message de son père la fit tiquer. Le restaurant, c'est son idée à *elle*, j'en suis certaine. Je me sentirai peut-être mieux d'ici ce soir. Il va bien falloir. D'autant que ce week-end va me demander une sacrée dose de courage.

En se redressant, elle remarqua un mot sur le lit. Regan est là ! Évidemment, il est presque treize heures. Je l'appelle.

« Zelda ! Tu es réveillée.

– Oui, mais j'ai encore un peu la tête qui tourne. Tu es en bas ?

– Oui, dans la cuisine, avec Norman. Je monte. »

20

Dans un entrepôt désaffecté au nord de la ville où, à dix-huit heures, devait commencer le tournage de quatre spots publicitaires, on s'affairait à installer les décors. Le produit : les Vitamines Bonne Mine.

Le réalisateur, tout débraillé, paraissait crispé. « Comment voulez-vous que je fasse ces pubs avec un budget si serré ? » avait-il demandé aux producteurs – qui ne lui inspiraient guère confiance – à maintes reprises au cours des deux derniers jours.

Mais pour l'heure, son problème était tout autre et il y avait urgence : deux comédiennes avaient appelé dans la matinée pour se décommander. L'une devait faire un essai pour le prochain Spielberg en fin d'après-midi, l'autre montait sur les planches dans un théâtre du centre-ville et craignait de ne pas y être à temps pour le lever de rideau. Sachant pertinemment qu'il n'avait plus le temps d'auditionner qui que ce soit, le réalisateur consultait des CV sur son ordinateur. Il devrait choisir deux actrices sur la foi de leurs portraits, et Dieu sait qu'ils étaient rarement conformes à la réalité.

Il tomba sur la photographie d'un petit bout de femme aux cheveux blancs qui souriait aux anges. Ce n'était visiblement pas une pro mais elle avait un je-ne-sais-quoi dans le regard qui l'attira : elle serait parfaite pour la publicité qu'il devait tourner. « Mon nom est Ava. Merci de contacter Maggie Keene au numéro suivant. »

Il prit son téléphone illico.

« Maggie à l'appareil, répondit une jeune femme.

– Bonjour Maggie. Ici Frank Bird, réalisateur. Je tourne une publicité pour des vitamines et j'ai sous les yeux la photo d'une certaine Ava.

– Oui... »

Maggie était tout excitée mais pas franchement étonnée que Gladys, alias Ava, reçoive un coup de fil si rapidement.

Elle avait pris soin de rebaptiser la comptable en mettant son portrait sur le Net au cas où son initiative ne l'enchanterait pas.

« Vous êtes son agent ?

– Non, juste une amie. Je suis comédienne aussi ; c'est moi qui vous ai envoyé nos photos.

– Ah bon ? Comment vous appelez-vous ?

– Maggie Keene.

– Pouvez-vous me renvoyer la vôtre ?

– Pas de problème. »

Quelques secondes plus tard, Frank reçut le portrait d'une Maggie tout sourires. Pas tout à fait le genre que je recherche, pensa-t-il. « Vous avez un physique intéressant », dit-il d'un ton neutre.

Intéressant ? s'offusqua Maggie *in petto*. Ça ne veut rien dire, ce genre de commentaires.

« Pour dire la vérité... », reprit-il.

Nous y voilà. Il va me dire que je ne corresponds pas au profil et me demander si Ava est libre.

« ... j'ai mis cette annonce ce matin juste au cas où. Les rôles étaient déjà distribués mais on vient de me faire faux bond. »

Ça doit être le projet du siècle, cette pub, pensa Maggie.

« Si vous êtes disponibles ce soir, je peux vous prendre toutes les deux. Le studio est à une cinquantaine de kilomètres au nord de Los Angeles sur la 405.

– Ce soir ? Toutes les deux ?

– Oui. Il s'agit d'une vitamine pour tous les âges. Le fait que vous soyez proches est un plus.

– Moi, je suis libre. Je vais passer un coup de fil à Ava. Laissez-moi vos coordonnées que je vous rappelle dans la foulée.

– D'accord. »

Maggie nota le numéro et s'empressa de joindre sa nouvelle meilleure amie.

« Agence comptable Gladys Books, à votre service, répondit celle-ci en décrochant dans sa maison de Burbank où elle avait installé son bureau.

– Bonjour Gladys ! C'est Maggie ; on s'est rencontrées hier soir.

– Oh, bonjour Maggie ! Je ne m'attendais pas à avoir de vos nouvelles si vite.

– Le courant est tellement bien passé entre nous ! Vous faites quelque chose ce soir ?

– Rien de précis. À dire vrai, déclara Gladys en riant, c'est mon anniversaire. Je devais dîner au restaurant avec une amie mais son mari ne se sent pas bien. Il nous fait le coup du malade imaginaire, si vous voulez mon avis. Qu'il prenne ses vitamines et qu'on n'en parle plus ! Oh, je ne devrais pas dire ça ! »

Ça ne pouvait pas mieux tomber, songea Maggie. « Je vous emmène au restaurant, d'accord ?

– Vous n'êtes pas obligée.

– Ça me fait plaisir. On va souffler vos bougies et parler de votre carrière de comédienne.

– Oh, c'est trop tard, maintenant, répondit Gladys.

– On ne sait jamais ! Laissez-moi vous sortir. Les plans de dernière minute, il n'y a que ça de vrai ! En tout cas, c'est ceux qui me réussissent le mieux. La vie est tellement imprévisible ! Et puis, vous n'allez pas passer votre soirée d'anniversaire toute seule !

– Bon, pourquoi pas ? Où voulez-vous aller ?

– J'ai ma petite idée mais je préfère vous faire la surprise. Je passe vous prendre à dix-sept heures ?

– Si vous y tenez !

– Donnez-moi votre adresse. » Maggie nota sous la dictée. « À tout à l'heure ! » Elle raccrocha et rappela le réalisateur. « Frank ? Maggie Keene à l'appareil. Ava et moi sommes partantes pour ce soir.

– Super. Il faudrait que vous portiez du rouge. C'est possible ?

– Du rouge ?

– Oui, je veux que la scène déborde de vie et d'énergie.

– Okay.

– Comme tous ceux qui prendront ces vitamines !

– À vous entendre, elles font des miracles !

– C'est le cas. Apportez aussi une tenue terne, aux couleurs passées. Je veux montrer leur efficacité avec des images avant-après.

– Bien sûr. Pas de problème. À ce soir. »

Ça va finir par me coûter cher, cette histoire, pensa-t-elle. Mais je ne voudrais pas courir le risque que Gladys refuse de venir. Autant garder le secret. Elle rappela Gladys.

« Maggie, c'est vous ?

– Oui, encore moi ! Pour votre anniversaire, il vous faut un petit cadeau !

– Non, protesta Gladys. N'achetez rien. Vous m'emmenez dîner, c'est bien assez.

– Taratata ! J'ai déjà une idée, vous allez adorer ! Et puis ce n'est pas cher.

– Maggie, non.

– Quelle taille faites-vous ?

– Un petit 34. »

21

Pendant ce temps, au nord de Los Angeles, Petunia appliquait du vernis sur les ongles de pieds d'une cliente. Imogene, qui d'ordinaire adorait papoter, était plongée dans un roman à l'eau de rose et avait passé les vingt dernières minutes à renifler et à se moucher. Pourvu qu'elle se lave les mains avant que je lui fasse sa manucure, songea Petunia.

« Oui, cours le retrouver », chuchota Imogene en attaquant le paragraphe final. Puis elle referma le livre et le plaqua sur son cœur, bouleversée.

« Ça finit bien ? demanda Petunia sans lever le nez.

– Ma foi », commença Imogene d'une voix étranglée par l'émotion. Elle se tamponna les yeux avant de poursuivre : « L'héroïne tombe amoureuse d'un bellâtre plein aux as qui s'avère être une véritable crapule. Il lui en fait voir de toutes les couleurs.

– Ah, un coureur de jupons ? La pauvre.

– Non ! Un escroc ! Un vrai ! Qui roule le fisc ! »

La belle affaire, pensa Petunia. Moi, je ne déclare pas la moitié de mes pourboires. Ils doivent penser que mes clients sont des rats, au Trésor public ! « Je ne dis pas que ce serait facile, mais j'essaierais de pardonner à mon mari s'il faisait ce genre de choses. » Puis elle inspecta les ongles de sa cliente un à un, corrigeant le moindre débordement de vernis à l'aide d'un bâtonnet en biseau qu'elle mania avec précaution. « Il faut savoir pardonner.

– S'il n'y avait que les impôts ! Mais en plus, il monte des sociétés bidon aux quatre coins du pays. Un arnaqueur professionnel, en somme. »

Il n'en fallut pas davantage pour piquer la curiosité de Petunia. « Quel genre d'arnaques ? demanda-t-elle.

– Difficile à expliquer.

– Vous me prêteriez le livre ?

– Bien sûr. Je ne vous raconterai pas la fin, mais ce que je peux vous dire, c'est que le bellâtre est un escroc du Net.

– Il finit derrière les barreaux au moins ?

– Non. Il ne se fait jamais prendre.

– Je le lirai ce soir. »

Imogene poussa un long soupir. « J'adore bouquiner, dit-elle en sortant un autre livre de son sac. Voici ma prochaine lecture : le dernier Nora Regan Reilly. »

Petunia jeta un œil à la couverture. « J'en ai un exemplaire dé... », commença-t-elle avant de s'interrompre. Elle se tourna et fit mine d'éternuer. « Oh là là, pardon.

– Un exemplaire dédicacé ? C'est ce que vous alliez dire ?

– Comment voulez-vous que j'aie un exemplaire dédicacé ?

– Justement, ça m'étonnait. Il vient à peine de sortir. »

Petunia referma un flacon de vernis avant de le poser sur

son petit chariot. « Allez ! On passe aux mains ! Souhaitez-vous aller aux toilettes avant ?

– Non.

– Sûre ?

– Oui.

– Bien. Faites attention en descendant, ce fauteuil est haut.

– Je n'ai pas été d'une compagnie très agréable aujourd'hui. Je suis désolée, mais il fallait vraiment que je finisse ce livre, dit Imogene en tendant la main.

– Laissez-moi vous aider, répondit Petunia à contrecœur.

– Et comment vont vos filles ?

– Bien, merci », dit Petunia en faisant rouler son chariot jusqu'à l'avant du salon tandis que sa cliente traînait les pieds, ralentie par ses chaussons en papier trop grands. « Elles sont toutes les deux dans l'humanitaire et elles se donnent à fond dans leur boulot. Je ne sais pas d'où elles tiennent ça. Sûrement d'un gène récessif qui se cache depuis des générations !

– Vous êtes dure avec vous-même ! répondit Imogene en riant. Vous êtes douée dans d'autres domaines. Primo, poursuivit-elle à voix basse, il n'y a pas meilleure manucure que vous !

– Imogene, je vous en prie.

– Je suis sérieuse ! Tenez, avant que j'oublie, dit-elle en lui tendant le livre. Vous pouvez le garder d'ailleurs.

– Vraiment ? »

Imogene le lui mit entre les mains. Puis toutes deux regardèrent la couverture.

Un homme d'une beauté renversante courait torse nu dans

un terminal d'aéroport, un ordinateur portable sous le bras. Au-dessus : *Arnaque et séduction*. « Pas de doute, commenta Petunia, il est pressé ! Merci, merci beaucoup.

– Il n'y a pas de quoi.

– Si, si. Ça me touche beaucoup. Plus que vous ne le pensez.

– Ah, une belle lecture peut avoir un tel impact dans nos vies. »

C'est bien ce que j'espère, songea Petunia en souriant.

22

Vendredi matin à la première heure, commissaires et inspecteurs venus des quatre coins du pays se retrouvèrent dans la salle de conférences du commissariat principal de Los Angeles. Des spécialistes se succédèrent au micro pour partager leur expérience et les progrès réalisés en matière de lutte contre les braquages de banque, les vols d'objets d'art et les enlèvements. La réunion fut levée en fin de matinée et rendez-vous pris pour treize heures trente.

Jack et quatre de ses collègues allèrent déjeuner à quelques pas de là, dans un restaurant sans prétention où se pressait une foule d'employés de bureau venus déguster de succulents hamburgers tout en discutant bruyamment. À l'approche du week-end, l'atmosphère y était particulièrement détendue.

Aussitôt installés, ils passèrent commande et se mirent à bavarder.

« Dis donc, Jack, commença Derek Wentley de la police de San Diego, je n'ai pas pu m'empêcher de penser à toi ce matin en écoutant l'expert sur les enlèvements. Incroyable, ta rencontre avec ta femme ! »

Éclat de rire général : l'histoire avait circulé.

« Un des avantages du métier ! » répondit Jack qui aimait bien plaisanter avec ses collègues.

Angela Cruz, une des femmes les plus haut gradées de la police de Los Angeles, posa son verre d'eau. « Moi, pour rencontrer mon mari, j'ai dû passer par un site de rencontres ! Les hommes, ça les intimide de savoir que je suis flic.

– Si quelqu'un peut gérer ce genre de situation, c'est bien Victor ! fit remarquer Jack.

– Qu'avez-vous prévu pour le week-end, Regan et toi ?

– Rien pour le moment.

– Vous avez tout le temps de vous décider.

– On a loué une voiture. Demain matin, on saute dedans et on file ; nord ou sud, on verra bien.

– À propos, vous avez entendu parler de cette société de location de voitures de luxe qui a fait faillite ? demanda Derek. Leur créneau, c'étaient les grosses cylindrées : Bentley, Ferrari. Manque de chance, ils sont tombés sur une bande de voleurs bien organisés. Faux papiers, fausses cartes de crédit, la totale ! Inutile de vous dire qu'on ne les a jamais retrouvés. Les bolides à plusieurs centaines de milliers de dollars non plus !

– Ils savaient forcément où se planquer, commenta Angela. Probablement dans un port où un bateau les attendait. Les voitures étaient en mer en moins de temps qu'il ne faut pour le dire.

– On dispose de moyens technologiques très performants aujourd'hui pour éviter les vols de voiture, dit Jack. Évidemment, si vous donnez les clés ou laissez le moteur tourner, on ne peut pas faire grand-chose. Il y a deux ou trois ans, on a rencontré le problème du côté de South Fork à Long Island. Pendant un pic de grand froid, les gens avaient pris l'habitude d'allumer leur moteur et de rentrer chez eux le temps que leur voiture chauffe. Quand ils ressortaient..., conclut Jack en faisant une grimace.

– On a trouvé les malfrats ?

– Oui. Une bande d'étudiants. Ils ont trouvé ça tellement facile qu'ils ont pris un peu trop d'assurance. L'un d'entre eux a même réagi violemment quand on est allés le cueillir sur le campus. C'était un boursier de troisième année. Il s'est avéré qu'en plus de faire joujou avec les voitures des autres, il dealait.

– Pas étonnant qu'il soit devenu agressif, dit Angela. Il a tout de suite compris qu'il risquait de se faire pincer pour la drogue aussi. L'effet dominos, quoi ! Plus ils ont à perdre, plus ils sont dangereux. Ils feraient n'importe quoi pour ne pas tomber. Et je pèse mes mots.

– Merci, inspecteur Cruz ! Belle intervention, ironisa Derek. Quelqu'un d'autre a un scoop ? »

Angela se mit à rire. « Désolée ! Je ne vous apprends rien. Mais on a eu une affaire récemment où un homme s'en est pris à une femme qui en savait trop sur lui. Elle allait le démasquer. Ça s'est mal terminé, très mal terminé. »

Tandis qu'on leur apportait leurs plats, Jack fut envahi par un sentiment d'inquiétude qui lui était, hélas, familier depuis qu'il était marié. Le travail de Regan ne consistait-il pas à lever le voile sur les secrets des autres ? Et en ce moment-même, ne se trouvait-elle pas avec une vieille connaissance dont il ne savait absolument rien ? Je n'ai même pas entendu le son de sa voix aujourd'hui, songea-t-il. Je l'appellerai en sortant du restaurant. Tout va bien se passer. Et, à partir de ce soir, on sera en amoureux.

Pourtant, il n'arrivait pas à se débarrasser de l'idée que les choses n'allaient pas se dérouler comme prévu.

23

« Je suis désolée, dit Zelda quand Regan revint dans sa chambre. Je me suis rendormie. Je déteste être malade. Cela dit, je crois savoir d'où ça vient. Le client avec qui j'ai déjeuné hier est patraque lui aussi. C'est sûrement le sandwich bœuf-fromage qu'on a mangé tous les deux.

– J'imagine que c'est une bonne nouvelle, répondit Regan. C'est bien que tu aies dormi. J'en ai profité pour discuter avec Norman. Au fait, j'ai déposé le couteau au commissariat.

– Ah bon ?

– Oui. C'était sur mon chemin. Zelda, il faut absolument que vous fermiez à clé.

– On va le faire, promis.

– Norman a récupéré les papiers de la vente de charité et de la maison quand il est passé chez toi. J'y ai jeté un œil, ajouta-t-elle en s'asseyant sur la chaise près du lit. J'ai fait des recherches sur Internet : je n'ai rien trouvé sur *Solidarité Enfance.*

– Rien du tout ? C'est une fondation récente, mais elle devrait être répertoriée quelque part. Ça voudrait dire qu'elle est bidon ?

– Pas nécessairement, mais c'est bizarre. On n'est pas obligées de parler de ça maintenant. Tu voulais qu'on s'intéresse à Bobby Jo, non ?

– Oui, mais je tiens à savoir ce qui se passe avec cette association. Qui la dirige ? Où va l'argent ? Qui a prêté cette maison pour cette vente aux enchères silencieuses ? »

Regan sortit un carnet et un stylo de son sac. « Commençons par le commencement. Quand as-tu entendu parler de cette organisation pour la première fois ?

– Au mois d'août. J'ai reçu une invitation à la soirée de lancement d'une organisation caritative qui collecte des fonds pour la recherche médicale sur la nutrition. Le cocktail avait lieu le jeudi suivant la fête du Travail. Je m'en souviens parce que j'avais prévu d'aller à la première d'une pièce de théâtre dans laquelle jouait une de mes amies. Comme le spectacle ne commençait qu'à vingt heures, je me suis dit que je pouvais acheter un billet pour la vente et y passer avant. Je n'y suis restée qu'un quart d'heure, le temps de déposer une enchère sur la maison.

– C'était où ?

– Dans un vieil immeuble du côté de Santa Monica. C'était un open space pas très glamour, je m'en souviens parfaitement.

– Il y avait du monde ?

– À l'entrée, deux jeunes filles avec la liste des invités. À l'intérieur, une poignée de gens en grande conversation. J'ai filé direct au bar, commandé une eau gazeuse, essayé de causer avec le barman, mais il était encore en train d'installer son comptoir. Du coup, je me suis intéressée de plus près aux lots.

– Tu as parlé à quelqu'un d'autre ?

– Pas vraiment. Il y avait une toute jeune femme à côté de moi quand je lisais le catalogue. Elle m'a dit qu'elle aurait bien aimé enchérir sur la maison mais le prix minimum s'élevait à mille dollars. Trop cher. Ça m'a rappelé le temps où je ne roulais pas sur l'or et je me suis dit : chouette, je peux me le permettre ! En plus, c'est pour une bonne cause. Je me suis inscrite sur la feuille de surenchère. J'ai aussi fait une offre pour un dîner ou deux et je suis partie. J'avais eu ma dose de mondanités ! Le lendemain, j'ai reçu un coup de fil m'annonçant que j'avais remporté le séjour dans la maison. Je n'en revenais pas.

– Qui t'a appelée ?

– Une certaine Melanie. Elle a été adorable ; elle m'a remerciée avec effusion. Elle m'a dit qu'ils se démenaient pour que la fondation décolle mais que c'était loin d'être facile – ce ne sont pas les nobles causes qui manquent. Elle m'a demandé si la deuxième semaine d'octobre me convenait, j'ai dit oui. Je savais que c'était aux alentours de l'anniversaire de mon père. J'ai pensé qu'un manoir au beau milieu des collines de Hollywood serait l'endroit idéal pour fêter ça ensemble. Avec Bobby Jo, bien sûr. Elle était déjà collée à lui à ce moment-là. Mais Madame a préféré une escapade en amoureux à Las Vegas. Escapade financée par qui ? Bibi, évidemment. Je suis vernie ! Non seulement je n'ai pas vu mon père pour son anniversaire mais en plus, il débarque avec elle ce soir.

– As-tu eu l'occasion de reparler avec cette Melanie ?

– Non. Elle m'a contactée par e-mail et j'ai reçu les clés de la maison par la poste la veille de mon arrivée ici.

– Personne n'était là pour t'accueillir ?

– Non.

– Tu es venue, tu es entrée et c'est tout ?

– Oui. Heureusement que Norman était là.

– C'est fou. On pourrait t'accuser d'avoir volé une peinture ou une antiquité qui n'était même pas là quand tu es arrivée.

– Tu as vu quelque chose qui mérite d'être embarqué ? plaisanta Zelda.

– Non, répondit Regan en riant. Mais quand même, ce n'est pas une façon de faire. Quand tu quittes un hôtel, la première chose qu'ils vérifient, c'est le minibar. S'il manque ne serait-ce qu'une cacahuète…

– Qu'est-ce que je peux être bête !

– Non. Cela dit, ta fortune t'impose de faire plus attention maintenant.

– J'espère que je ne vais pas finir par regretter d'être riche, dit Zelda sur un ton peu optimiste.

– Mais non. Ta vie a changé du tout au tout. Tu as besoin de temps pour t'y habituer.

– Je n'en serais pas là si j'avais gagné à *Pyramide*. Vingt-cinq mille dollars auraient suffi à mon bonheur et j'aurais pu gérer sans problème.

– Zelda ! Ça va aller. Tu sais quoi ? Je suis convaincue que cette maison appartient à un lointain cousin d'un des membres de la fondation et qu'il était bien trop gêné pour venir t'accueillir.

– En effet, valait mieux pas voir ma tête quand je suis arrivée !

– Il doit y avoir une explication. Pour les organisateurs, tous les moyens sont bons pour récolter de l'argent. Et puis, cet endroit pourrait être magnifique s'il était entretenu.

– Heureusement que ce n'est pas loin de chez moi. Je l'aurais eu mauvaise si j'avais dû prendre l'avion pour venir jusqu'ici !

– Tu ne crois pas si bien dire. Il y a des gens qui louent des villas à l'autre bout de la planète à partir de photos et qui se retrouvent dans une vulgaire cahute. Et encore ! Ils peuvent s'estimer heureux s'il y a effectivement une maison !

– Il n'y avait même pas de photos des lieux à la vente. Il y a vraiment quelque chose qui tourne pas rond chez moi !

– Arrête ! fit Regan en ouvrant une nouvelle page de son carnet. Allez ! Raconte-moi tout ce que tu sais sur Bobby Jo. »

24

Les mains moites, la tête comme dans un étau, il était à présent au comble de la nervosité. S'il avait été soulagé de la voir sortir seule de l'hôtel – il pourrait la suivre à bonne distance –, il avait cru perdre les pédales quand elle s'était arrêtée au commissariat. Il se gara dans une petite rue d'où il pouvait surveiller sa voiture et attendit qu'elle ressorte, hanté par une seule et unique question : que diable faisait-elle là-dedans ? Elle réapparut accompagnée d'un officier. Mon Dieu ! Que se passe-t-il ? Elle ouvre son coffre ; le flic attrape un truc qui brille ; qu'est-ce que c'est ? À la façon dont il le tient, je dirais que… Mon couteau ? Faut que j'aille vérifier dans les bois. Mais tout de suite, c'est impossible.

Il la prit de nouveau en filature lorsqu'elle quitta le commissariat. Mais il n'était pas au bout de ses surprises : elle tourna bientôt dans la voie sans issue où elle se trouvait la veille au soir. Impossible d'aller plus loin. Il se gara et attendit, assailli par mille pensées.

Pourquoi est-elle revenue ici ? Pourvu qu'elle aille dans un endroit où je pourrai la coincer.

Si c'était bien mon couteau dans son coffre, comment l'a-t-elle trouvé ? Il y a mes empreintes partout sur le manche. Qu'est-ce qui m'a pris de le laisser dans les bois ? Je ne pouvais décemment pas me balader avec quand j'ai repris ma voiture ce matin. J'aurais dû prévoir un sac. Quel crétin. Quand je pense que j'ai poireauté là-bas toute la nuit. Mais elle m'aurait vu si j'étais resté plus longtemps.

Elle est allée marcher dans la forêt ce matin ? Elle se prend pour le Petit Chaperon rouge ou quoi ?

Pourquoi est-elle revenue ? Si vite, en plus ?

Et ces satanées empreintes !

Il passa la main sous son siège pour s'assurer que son autre couteau s'y trouvait encore. « Aïe ! » grommela-t-il en retirant sa main d'un geste vif. La vue de son index ensanglanté l'horrifia. « Gare à toi, Petit Chaperon rouge ! Le Grand Méchant Loup rôde. »

25

Norman apparut sur le seuil de la chambre de Zelda. « Je vous monte quelque chose ? proposa-t-il.

– Pas pour moi, merci, répondit Regan.

– J'ai de l'eau, ça me suffit », dit Zelda avant de lui rapporter sa conversation avec Griff.

« Trop tard ; j'ai jeté les restes d'hier soir.

– Mieux vaut prévenir que guérir. Assieds-toi avec nous ! Je m'apprêtais à ouvrir le chapitre Bobby Jo.

– Mon sujet préféré ! » ironisa Norman en levant les yeux au ciel.

Il tira un repose-pieds de sous le lit et s'installa près de Regan.

« Merci, Norman, dit Zelda. Je n'ai plus besoin de me dévisser le cou pour vous voir tous les deux. Ça tourne encore un peu.

– À ton service, ma chère !

– Qu'est-ce que je ferais sans toi ? » fit-elle en souriant. Puis s'adressant à Regan : « Norman va faire carrière dans la chanson. J'ai hâte que son projet se concrétise mais il me manquera ; sans compter que je ne suis pas près de trouver quelqu'un d'aussi dévoué.

– Zelda ! protesta-t-il. Tu me gênes là ! Et pas qu'un peu !

– Pourquoi serais-tu gêné ?

– Primo, je n'ai jamais dit que j'allais faire carrière ; j'ai dit que je voulais *tenter ma chance.*

– Si tu n'y crois pas, tu n'y arriveras pas. Imagine-toi sur scène, acclamé par ton public ; tu rêves d'être chanteur ; dis-le à qui veut l'entendre ! Regan comprend très bien ce genre de choses.

– Affirmatif ! Il me semblait bien avoir vu des partitions dans votre sac. Comme je dis toujours, il faut foncer ! »

Norman leva un sourcil en se dandinant. « C'est ce que je fais. Ce matin, Zelda m'a généreusement offert de payer mes cours de chant.

– Je ne pourrais pas mieux investir mon argent. »

Tout à coup, elle blêmit.

« Tu es sûre ? Tu fais une de ces têtes ! Tu as envie de vomir ?

– Désolée. Parler investissement vient de me faire penser à Rich. J'attends son coup de fil depuis un bon moment maintenant. Ce matin, il m'a fait signer un document que je n'ai même pas lu ; j'étais complètement dans les vapes. Je crois qu'il m'a parlé d'une entreprise qui vend des vitamines.

– Une entreprise qui vend des vitamines ? demanda Regan.

– Oui, fit Zelda sur un ton coupable.

– Tu connais son nom ?

– Non.
– Combien t'a-t-il suggéré de mettre ?
– Je ne sais pas non plus. Tu vois quelle idiote je fais.
– Arrête de t'auto-flageller. Si tu ne te sentais pas bien, il n'aurait jamais dû te pousser à signer quoi que ce soit. Il n'y avait pas urgence.
– Rich a dit qu'il partait en week-end et que si je voulais être dans le coup, ça ne pouvait pas attendre. »

Regan en resta baba. « Enfin, Zelda ! Il faut toujours se méfier de ce genre de méthode ! On te parle d'un investissement qui sort de nulle part et on exige de toi que tu signes sur-le-champ ?
– Je n'y connais pas grand-chose mais j'aurais senti le coup fourré », commenta Norman.

Les yeux comme des soucoupes, Zelda porta sa main à sa poitrine. « Vous me faites peur tous les deux.
– Ce n'est pas le but, répondit Regan.
– Pas le but du tout, surenchérit Norman.
– C'est peut-être un investissement tout ce qu'il y a de plus fiable, ajouta Regan. Comment a-t-il géré ton argent jusqu'à maintenant ?
– Je ne sais pas trop », reconnut Zelda en grimaçant.

Eh ben, pensa Regan. Je n'aime pas poser ce genre de questions, mais je n'ai pas le choix. « Tu consultes tes relevés de comptes, Zelda ?
– Euh, j'y jette un œil quand je les reçois, mais je ne vérifie pas chaque opération. Je ne voulais pas me l'avouer, poursuivit-elle d'un air dépité, mais ces derniers temps, j'ai trouvé Rich un peu bizarre. Quand je l'ai au téléphone, il me

semble distrait. J'ai l'impression qu'il fait autre chose. Je l'entends taper sur son clavier, par exemple. Je me sentais si fatiguée tout à l'heure ; comme si on m'avait assommée. Et maintenant j'ai des palpitations.

– Bois de l'eau », lui ordonna Norman en se levant d'un bond pour lui tendre le verre qui se trouvait sur sa table de nuit.

Elle se redressa péniblement. « Merci. » Appuyée sur le coude, elle but une gorgée.

« Est-ce que ça va ? demanda Norman, visiblement inquiet.

– Oui. Ça va, je t'assure. Assieds-toi. »

Il s'exécuta. « Oui, maîtresse ! »

Zelda pouffa de rire, manquant de s'étouffer. « Norman ! protesta-t-elle. Tu veux que j'y reste ou quoi ? J'ai tout recraché !

– J'essaie juste de détendre l'atmosphère.

– Attends au moins que j'aie fini de boire pour faire le clown ! »

Norman lui reprit le verre.

Regan attrapa la boîte de mouchoirs sur la table de chevet. Ces deux-là sont de vrais amis, et ils le resteront, quoi qu'il arrive, songea-t-elle en souriant. Elle tendit le dernier kleenex à Zelda. « Il n'y en a plus.

– Je vais en chercher d'autres », proposa Norman avant de filer à la salle de bains.

Sur le chevet, Regan remarqua une touillette en plastique qui baignait dans quelques gouttes de liquide à côté d'une auréole humide. Étrange, se dit-elle. Zelda est très soigneuse ; elle utilise toujours un dessous de verre. Sans compter qu'elle n'aurait jamais posé une touillette à même le bois. Rich est peut-être venu avec son café ce matin. Auquel cas, il n'est pas très délicat. Enfin, si c'est son seul défaut…

« Voilà une nouvelle boîte », annonça Norman.

Regan en tira un mouchoir et se pencha au-dessus de la table de nuit.

« C'est mon verre qui a laissé cette marque ? demanda Zelda.

– Je ne pense pas, répondit Regan. Rich avait une boisson ce matin ?

– Non, il m'a apporté du thé du magasin de produits diététiques. C'est censé être bon pour les maux de ventre. Je n'en ai bu qu'une ou deux gorgées ; c'était infect. » Un voile de consternation passa sur son visage. « Regan, tu crois qu'il a mis quelque chose dans mon thé ? demanda-t-elle d'une voix aiguë. Pour que je signe ce papier ? Je me sentais mieux avant de boire son truc, maintenant que j'y pense. »

Ça ne m'étonnerait qu'à moitié, songea Regan.

26

Maggie gara sa voiture et entra chez Tracy's, un grand magasin connu pour ses prix raisonnables. Elle traversa l'espace beauté, esquivant les vendeuses qui n'avaient de cesse de lui faire essayer tous les produits possibles et imaginables – rouges à lèvres, parfums, fards à paupières –, et prit l'ascenseur.

Arrivée au premier, elle se dirigea vers le rayon spécialisé dans les petites tailles. Qu'est-ce que je ne ferais pas pour lancer ma carrière ? Ça devient ridicule, songea-t-elle en passant en revue les vêtements en taille 34.

« Puis-je vous aider ? lui demanda une femme dont les lunettes pendaient au bout d'une chaîne en argent.

– Oui, je cherche un vêtement rouge et un autre de couleur pâle en taille 34. Pas pour moi, vous vous en doutez.

– Pouvez-vous m'en dire davantage sur votre amie ? »

Tu parles, je ne l'ai vue qu'une fois, commenta Maggie *in petto*. « Soixante-dix ans, plutôt classique.

– Je vois. J'ai une ravissante robe rouge ; ça devrait lui plaire », dit la vendeuse en s'éloignant d'un pas vif.

Oh là là, pensa Maggie. Dans quoi je me suis lancée ? Cette histoire va me coûter les yeux de la tête. J'aurais dû demander à Gladys si elle voulait bien jouer dans cette pub, point barre. D'autant qu'elle a sûrement du rouge et du pastel dans ses placards.

En attendant la vendeuse, Maggie fureta de nouveau dans le rayon, guère étonnée qu'il n'ait pas été dévalisé : tout était moche et mal coupé. Sur le dernier cintre, un pantalon de tailleur gris clair informe soldé à 59,99 dollars. Parfait, se dit-elle en le prenant.

Avec un peu de chance, Gladys arrivera avec quelque chose d'approprié sur le dos et je pourrai rapporter au moins un article. Maggie n'aurait jamais cherché à se faire rembourser un vêtement déjà porté, quelle que soit l'ampleur de ses problèmes d'argent. Dans son cours de théâtre, il y avait une fille qui se présentait aux auditions avec des vêtements de haute couture qu'elle retournait ensuite au magasin. Maggie espérait secrètement qu'un jour une étiquette dépasserait d'une de ces robes, si possible devant un illustre réalisateur.

« Regardez ! fit la vendeuse en revenant avec une robe rouge agrémentée d'un discret passepoil autour du col et de boutons sur le devant. N'est-elle pas magnifique ?

– En effet, répondit Maggie. Combien coûte-t-elle ?

– Je vais vous dire ça. » Elle mit ses lunettes et regarda le prix. « Trois cent cinquante-neuf dollars.

– Ça ne va pas être possible.

– C'est notre seul modèle rouge en 34.

– Je vais devoir chercher ailleurs. Mais je vais prendre ça, ajouta-t-elle en montrant le pantalon gris.

– Vous êtes sûre que c'est pour une amie ? ironisa la vendeuse.

– On est comme les deux doigts de la main. »

Maggie alla payer et rejoignit le rez-de-chaussée au pas de course, en prenant soin d'éviter l'espace beauté. Il faut que je me dépêche, pensa-t-elle. Mais où trouver un vêtement rouge en 34 ? Si j'essayais un de ces dépôts-ventes d'articles de grandes marques ?

Maggie fouilla dans son sac à main à la recherche de ses clés de voiture. Mince, ma trousse à maquillage ! s'exclama-t-elle intérieurement. J'ai dû l'oublier à la fête hier soir. Je l'avais mise dans la salle de bains près de la cuisine pour me repoudrer le nez. J'aurais dû m'en rendre compte plus tôt, mais ce matin, je suis sortie sans me maquiller.

Maggie, qui avait la peau très sensible et faisait des allergies, n'arrivait jamais sur un tournage sans ses propres produits de beauté. On ne les trouvait que sur commande.

Elle monta dans sa voiture, prit son téléphone et chercha le numéro de Norman. J'espère qu'il ne va pas me prendre de haut, pensa-t-elle. Et s'il n'y a personne dans cette satanée maison ? Il faut pourtant que j'y passe. Faites qu'il réponde. Elle appuya sur la touche « appeler » et tomba sur la boîte vocale.

« Salut ! C'est Norman. Laissez-moi un petit message. Je vous rappellerai. Ou pas !

– Bonjour, Norman. C'est Maggie, la serveuse d'hier soir. Je viens de m'apercevoir que j'ai laissé ma trousse à maquillage dans la salle de bains, près de la cuisine. J'en ai vraiment besoin. Y a-t-il quelqu'un sur place aujourd'hui ? Il faudrait que je passe. Merci de me rappeler au... »

Maggie raccrocha, anéantie. Dire qu'il a fallu que je fasse ma maligne avec ce type hier soir. Pourvu qu'il ne m'en veuille pas. Elle fit démarrer le moteur. S'il tarde à rappeler, je ferai un saut au manoir.

Après tout, qu'est-ce que je risque ?

27

« Zelda, calme-toi ! dit Regan d'un ton ferme. On fera analyser ce thé s'il le faut, ajouta-t-elle en lui posant les mains sur les épaules.

– J'ai l'impression que tout à coup le ciel me tombe sur la tête, répondit Zelda en larmes. C'est mon univers tout entier qui s'écroule.

– Je sais, mais on va arranger ça.

– Comment ? demanda Zelda en s'essuyant les yeux.

– Pour commencer, on va éplucher tes relevés de comptes. Si on trouve quoi que ce soit de suspect, je fouillerai un peu dans le passé de Rich. On pourra toujours prendre quelqu'un d'autre pour gérer ton argent.

– Et pour Bobby Jo ? Je ne peux pas la virer, elle. Le pire, c'est que je sens que mon père s'est éloigné de moi.

– Je vais mener ma petite enquête. Si elle n'a rien à se reprocher, espérons que tu apprendras à l'apprécier.

– Franchement, je ne parierais pas là-dessus.

– Je sais que c'est dur, Zelda. Mais d'après ce que tu m'as raconté sur tes parents quand on s'est connues, je ne crois pas que ton père soit du genre à laisser vos liens s'étioler. Il t'aime, c'est évident.

– Tes amis aussi, ajouta Norman.

– Mais oui, fit Regan. Ceux que j'ai vus hier soir sont super. Et d'ici peu, tu vas rencontrer l'homme de ta vie, je le sens. Ton bonheur sera complet.

– Tu parles, fit Zelda en reniflant. J'ai plus de chances de toucher le gros lot.

– Ça, c'est déjà fait !

– Ça va aller, dit Norman en pressant la main de Zelda.

– Je ne sais pas pourquoi je dramatise. Pour quelqu'un qui aide les gens à mieux gérer leurs problèmes au quotidien, c'est pathétique. Si mes clients me voyaient, ils changeraient de coach.

– Tu veux rire ? fit Norman. Certains ne déboursent pas un sou pour tes conseils. Et, d'après ce que tu m'as dit ce matin, tu les aides de mille autres façons. Ils ne sont pas à plaindre, crois-moi !

– Ah oui ? J'en invite un à déjeuner hier midi, et on se retrouve tous les deux cloués au lit avec une intoxication alimentaire !

– Ce n'est pas ta faute, dit Regan.

– Je sais. Et puis je lui ai acheté des vêtements pour ses auditions.

– Tu vois. Maintenant, c'est aux autres de t'aider, dit Regan. Et si on commençait par jeter un œil sur tes relevés bancaires ? Avec un peu de chance, on ne trouvera rien d'anormal et tu seras rassurée.

– Je veux bien, répondit Zelda en séchant ses larmes, mais ils sont chez moi.

– Je peux aller les chercher, proposa Regan.

– Non, je vais le faire, dit Norman. Je n'en aurai pas pour longtemps.

– Vous êtes sûr ? Si vous avez des choses à faire ici…

– Sûr. Je sais où se trouvent les choses dans l'appartement.

– Dans ce cas, ce serait bien que vous rapportiez tout document lié à Rich, copies d'e-mails et documents juridiques inclus.

– Entendu.

– Zelda, as-tu fait un testament ? demanda Regan.

– Oui. D'ailleurs j'ai dit à Rich ce matin que je voulais le modifier. À cause de Bobby Jo.

– Prenez-le aussi, Norman.

– Il est au coffre, précisa Zelda. La clé se trouve dans une bourse verte suspendue à un crochet dans le placard de ma chambre. Tu ne peux pas la manquer.

– Je ne serai pas long.

– Il faudrait passer dans une pharmacie pour acheter un flacon et une pipette. On en aura besoin pour aspirer les gouttes de thé sur la table de nuit.

– C'est comme si c'était fait, déclara Norman en tournant les talons.

– Zelda, reprit Regan en s'asseyant, nous n'avons pas parlé de Gladys. C'est elle qui règle tes factures ?

– Oui. Elle s'occupe de tout ce que je ne paie pas par carte.

– C'est tout ?

– Non, elle se charge de mes impôts aussi. Je ne gagne pas des mille et des cents avec mon boulot de coach, mais elle suit tout ça de près. Et elle entre toutes mes dépenses dans un logiciel. Compta-mensuelle, ça s'appelle. En quelques clics, je peux savoir combien j'ai déboursé pour mon emprunt immobilier, ma vie de tous les jours, les donations… C'est très utile pour faire sa déclaration.

– Je connais ce genre de programmes, mais pas celui dont tu parles. On devrait dire à Norman de rapporter ces papiers-là aussi.

– Je ne les ai pas. J'ai touché l'argent en novembre dernier. Gladys me fait utiliser le logiciel depuis le mois de janvier. Elle m'a dit qu'elle me donnerait un bilan en fin d'année.

– Mais, Zelda, ça s'appelle Compta-mensuelle. Elle devrait t'envoyer un bilan mensuel, tu ne crois pas ?

– Je n'y avais jamais pensé. Il arrive que je lui demande par téléphone combien j'ai dépensé dans tel domaine ou combien j'ai gagné avec mon coaching, et les sommes qu'elle me donne me paraissent toujours correctes. Tu crois que je devrais lui passer un coup de fil et lui demander de m'envoyer les papiers de janvier à septembre par e-mail ? Norman peut imprimer le tout à la maison.

– Pas pour le moment. Voyons d'abord les relevés que Rich te fait suivre. Norman m'a dit que tu avais rencontré Rich et Gladys après le décès de Florence Natalie et qu'ils avaient travaillé pour elle.

– C'est exact.

– Depuis combien de temps connaissais-tu Florence ?

– Nous étions voisines depuis dix ans.

– Et tu n'as jamais croisé Rich dans ton immeuble ?

– Non. Je n'ai jamais vu qui que ce soit entrer ou sortir de chez elle. Elle vivait seule avec son chien, son compagnon de toujours. Elle aimait lui faire faire de longues promenades quand elle était en forme.

– On tâchera d'en savoir plus. » Regan regarda les gouttes de thé sur la table de chevet. « Il faudrait récupérer ce liquide sans attendre. Au cas où on devrait le faire analyser. Ça m'étonnerait qu'on en arrive là, mais on ne sait jamais. Tu n'aurais pas un petit flacon à tout hasard ?

– Non.

– Je vais jeter un œil dans la cuisine. Tu devrais en profiter pour te reposer.

– Oui, dit Zelda en prenant la main de Regan. Je ne te remercierai jamais assez. Je ne sais pas ce que je ferais si tu n'étais pas là.

– Je suis ravie de pouvoir t'aider, Zelda », répondit Regan avant de filer au rez-de-chaussée.

Elle entendit son téléphone sonner tandis qu'elle traversait le salon. C'était Jack. Dieu merci, pensa-t-elle. Je suis descendue pile au bon moment.

28

Norman récupéra son téléphone sur le comptoir de la cuisine et sortit de la maison au pas de course. Dans sa voiture, il vérifia s'il avait des messages. Un appel manqué. Numéro inconnu. Tant pis, se dit-il en laissant l'appareil sur le siège passager, je m'occuperai de ça plus tard. Il démarra et, une fois au bout de la rue, mit le clignotant et attendit de pouvoir s'engager sur la route.

Il y a une circulation de tous les diables, songea-t-il. Ils devraient mettre un feu ici. Mais bon, je ne vois pas la municipalité dépenser le moindre centime pour une rue où il n'y a qu'une seule maison. Inhabitée, en plus. Enfin, profitant d'une ouverture dans le flot de voitures, il appuya sur le champignon et fila dans un crissement de pneus.

Un quart d'heure plus tard, il entrait chez Zelda. Situé dans un complexe immobilier flambant neuf dans les collines au nord de Sunset Boulevard, l'appartement, clair et confortable, offrait une vue imprenable sur Los Angeles. Norman fonça droit dans la chambre où il trouva la clé du coffre sans peine. Une fois dans le bureau, il l'ouvrit et regarda à l'intérieur. Ma foi, pensa-t-il, il n'y a presque plus de place là-dedans. Un dixième de ce qu'elle y met me suffirait ! Il sortit plusieurs écrins, le passeport de Zelda, son certificat de naissance. Au fond, il découvrit une enveloppe en papier kraft sur laquelle il put lire :

TESTAMENT DE ZELDA ALICE HORN

Ça fait froid dans le dos, songea-t-il en la prenant. Il rangea ce qu'il avait sorti puis referma le coffre à double tour. Dans le placard du couloir, il trouva une petite valise qu'il apporta dans le bureau où il se mit à chercher dans le secrétaire. Il trouva les relevés de comptes et plusieurs dossiers – « Florence Natalie », « Clients », « Papa » –, qu'il jugea opportun de prendre. Après tout, Zelda n'avait guère de secrets pour Rich.

Il glissa le tout dans la valise qu'il fit rouler jusqu'à la porte d'entrée.

Tiens, puisque je suis là, autant vérifier deux ou trois choses.

Elle a peut-être des messages. La plupart du temps, les gens l'appellent sur son portable, mais on ne sait jamais. Il alla dans le salon où le répondeur clignotait. Il appuya sur la touche MARCHE.

« Zelda, c'est Rich. Zut, j'ai appelé sur ton fixe par erreur. Désolé. »

Pas doué, pensa Norman.

Le message suivant venait de Sunny Los…

Plus rien. « Votre boîte vocale est pleine. Bip, bip, bip. »

« Zelda ! pesta Norman. Il faut effacer au fur et à mesure. »

De nouveau, il appuya sur MARCHE. Vingt-huit messages ! La plupart provenaient de Rich qui demandait à Zelda de le rappeler. Norman les écouta en griffonnant quelques notes. Il en supprima un certain nombre – ceux qui dataient d'un mois ou plus. Je devrais m'occuper de ce répondeur plus régulièrement, se dit-il. Moi, la touche SUPPRIMER, je sais m'en servir.

« Salut, Zelda… »

Encore ce cher Rich.

« J'espérais te parler avant que tu partes. Tu dois être en route pour le domaine des Scrump. Je te souhaite un agréable séjour. Je vais t'appeler sur ton portable. Au revoir. »

Le bip de fin tarda à se faire entendre. Dans l'intervalle, Norman entendit Rich murmurer quelque chose et ricaner. Qu'est-ce qu'il a dit ? Norman repassa la bande, l'oreille collée au haut-parleur du répondeur. « Au revoir. » Rien. Puis la voix de Rich, lointaine mais, à ne pas s'y tromper, empreinte de sarcasme : « Attends un peu qu'elle… », suivi d'un éclat de rire. Le bip strident de fin de message fit sursauter Norman.

« Attends un peu qu'elle quoi ? cria-t-il. Je savais qu'il fallait se méfier de toi ! Depuis le premier jour ! » Bouillonnant d'impatience, il écouta les autres messages puis quitta l'appartement avec la valise. Vite ! Il faut que je trouve une pipette maintenant, se dit-il en s'énervant sur le bouton de l'ascenseur. Il avait trouvé Zelda tellement bouleversée. On le serait à moins, bien sûr, mais il ne l'avait jamais vue pleurer comme ça Il y avait sûrement une explication. Tout à coup, il repensa à une affreuse histoire de dentiste qu'elle lui avait racontée. Elle était à l'université. Il avait fallu lui arracher deux dents. On lui avait fait prendre quelque chose pour l'endormir. Au réveil, elle s'était mise à pleurer de manière inexplicable.

Il n'y avait plus de doute dans l'esprit de Norman : Rich avait mis quelque chose dans le thé de Zelda. C'était ça, l'explication.

29

Regan décrocha son téléphone tout en allant à la cuisine. « Jack ! J'espère qu'on ne va pas être coupés. On capte un coup sur deux dans le coin.

– Tu me manques. J'ai l'impression qu'on ne s'est pas vus depuis une éternité.

– Pareil pour moi.

– Tu disais dans ton texto que tu retournais chez ton amie ?

– Oui. » Regan lui fit part des inquiétudes de Zelda par rapport à son conseiller financier et à sa belle-mère. « On essaie d'y voir un peu plus clair.

– Mais tu vas bien ?

– Oui, je vais parfaitement bien. Jack, je ne sais pas combien de temps tout cela va prendre, mais il se peut que je rentre plus tard que prévu ce soir.

– Ne t'en fais pas pour ça. Si tu tardes, je te rejoindrai chez Zelda. Tu me donnes l'adresse ? »

Regan se prit à sourire. Jack ne lui faisait jamais le moindre reproche. « Je continue de m'étonner de t'avoir rencontré ! lui dit-elle après lui avoir indiqué le chemin du manoir.

– Tu peux te vanter d'être née sous une bonne étoile ! Moi aussi d'ailleurs !

– Et ta journée ?

– Intéressante. On est beaucoup plus nombreux aujourd'hui. Ça me fait plaisir de retrouver des gens que je n'ai pas vus depuis un moment. J'ai déjeuné avec quelques collègues dans un restaurant près du commissariat. Je dois retourner à l'auditorium pour les conférences de l'après-midi. Je te rappellerai après, histoire de savoir où tu en es. »

Je lui parle de ma visite matinale au commissariat ou pas ? se demanda Regan. Non. Il a déjà l'air inquiet. Le hic, c'est que son intuition le trompe rarement. Comme je le lui dis souvent, il aurait fait un voyant hors pair.

« Regan, tu es là ?

– Oui oui.

– Si tu as besoin d'aide pour trouver des infos sur les personnes dont tu m'as parlé, n'hésite pas à appeler mon service.

– Merci, Jack. Je t'aime.

– Moi aussi. Sois prudente.

– Comme toujours. »

Regan s'attarda dans la cuisine. J'ai hâte de le voir, pensa-t-elle. Ça devrait passer vite. Elle regarda autour d'elle, essayant d'imaginer à quoi ressemblait la vie dans cette maison au temps où elle était effectivement habitée. Il doit bien y avoir des indices quelque part. Mais j'ai d'autres choses à penser pour l'instant, se reprit-elle en chassant cette idée. Des choses plus importantes.

Elle remonta avec un petit bol en verre qu'elle plaça à l'envers au-dessus du liquide sur le chevet.

En attendant Zelda qui était dans la salle de bains, elle s'assit avec son iPad et lança une recherche sur Rich Willowwood.

30

De retour dans la salle de conférences du commissariat central de Los Angeles, Jack aperçut les collègues avec lesquels il avait déjeuné installés aux premiers rangs. Il les rejoignit tout en saluant les gens qu'il connaissait.

« Hey, Jack ! Comment ça va ?

– Super ! Et toi ?

– Bien.

– Jack, content de te voir.

– Moi aussi. »

Les derniers officiers entraient dans la salle ; sur l'estrade, on faisait un test micro : la réunion allait pouvoir commencer.

Jack s'apprêtait à s'asseoir lorsqu'il sentit une tape sur son épaule.

« Bonjour, lui dit un inspecteur de Los Angeles. Je tenais à me présenter : Lew Martin. J'ai eu la chance de travailler avec Regan il y a quelques années. Elle enquêtait sur un type qu'on a arrêté. Un sacré bout de femme !

– Merci, répondit Jack. C'est aussi mon avis !

– Elle fait des heures sup', à ce qu'il paraît. Elle bossait drôlement bien ! Mais il a fallu qu'elle s'exile à New York ! À cause de vous ! Dites-lui qu'elle peut revenir quand elle veut ! »

Jack esquissa un sourire. « Des heures sup' ? »

Martin se pencha et lui chuchota à l'oreille : « Belle prise, le couteau qu'elle a trouvé dans les bois. »

Jack haussa légèrement les sourcils, espérant que son air surpris inciterait Martin à lui en dire davantage sans pour autant trahir son ignorance totale de la situation.

« Les gars du secteur de Hollywood lui doivent une fière chandelle. Un couteau pareil caché dans les bois à deux pas d'un chemin de randonnée ? Plutôt inquiétant ! On a augmenté les patrouilles. »

Une annonce au micro l'interrompit : « Veuillez prendre place ; nous allons commencer.

– Content de vous avoir rencontré, Jack. Saluez Regan de ma part. »

Mais Jack était trop inquiet pour l'entendre.

31

Pendant ce temps, dans l'entrepôt où devait se dérouler le tournage des publicités pour les Vitamines Bonne Mine, deux techniciens installaient le premier décor. Synopsis de leur spot : un couple qui passe son temps devant la télévision à manger des cochonneries se découvre un intérêt insoupçonné pour le sport et la diététique. Explication ? Ils font une cure de Vitamines Bonne Mine ! Scène numéro un : un homme et une femme, vautrés sur leur canapé, ingurgitent une quantité phénoménale de glace ; la télé est allumée ; sur la table basse, paquets de chips entamés, barres chocolatées, frites, beignets, biscuits, boissons gazeuses.

Scène suivante : début de la cure ; près de la table basse, une poubelle contenant une partie des cochonneries. À la fin de la première semaine, les deux protagonistes ont l'air un peu plus vifs. Scène trois : après deux semaines de cure, moins de chips, moins de frites ; les époux se tiennent droit et esquissent un sourire. Scène quatre : le duo a enfilé une tenue de sport ; exit la malbouffe. Scène finale : les tourtereaux courent autour du canapé avec des haltères dans les mains ; ils sont pleins de vie, rient, s'amusent. La poubelle a disparu. Sur la table basse, une montagne de fruits et légumes.

« Tu as vu, Ernie ? demanda l'un des techniciens. La fausse fenêtre qu'on doit installer derrière le canapé est cassée. »

Ernie, qui sciait une planche de contreplaqué, haussa les épaules. « Je n'ai jamais bossé dans ces conditions. Tu parles d'un projet ! Complètement nul. Max, tu y crois, toi, à ces vitamines ?

– Non ! Des vitamines qui t'aident à manger moins de beignets ? Si c'était possible, ça se saurait ! En plus, moi, les beignets, j'adore ça ! Avaler des légumes, d'accord. Mais si en plus, il faut s'extasier à chaque fois qu'on en mange, merci !

– Si leur affaire ne marche pas, ils pourront toujours revendre les pubs à une station de radio qui diffuse des sketches. J'ai hâte de voir les acteurs répéter. Je me demande comment ils font pour garder leur sérieux. »

Dans une petite pièce située au fond de l'entrepôt, Rich et Heather – producteurs des quatre spots publicitaires – s'entretenaient avec le réalisateur, Frank Bird, visiblement mécontent.

« Le budget est trop serré. Les décors sont ringards. Je voudrais louer des meubles. Je me suis renseigné, il y a une boîte qui a tout ce qu'il nous faut à deux pas d'ici.

– Je suis navré, répondit Rich, mais on a déjà dépensé beaucoup d'argent pour mettre notre produit au point et on doit réduire les coûts au maximum. Ce n'est que le début. Dans peu de temps, on croulera sous les commandes et on pourra investir dans la publicité. Il ne faudrait pas oublier que la diffusion des spots qu'on tourne aujourd'hui n'est pas donnée.

– Qui a bossé au développement de ces vitamines ?

– Un chercheur remarquable.

– Du nom de ?

– Il souhaite garder l'anonymat.

– Curieux, commenta Frank en fronçant les sourcils. Vous avez reçu l'aval de l'Agence nationale de sécurité des produits de santé ? »

Heather se pencha en avant et s'éclaircit la gorge : « Les compléments alimentaires ne nécessitent aucun aval.

– Très bien. Vous rognez sur la com. J'espère que vous n'avez pas fait la même chose question sécurité sanitaire.

– La qualité de notre produit ne fait aucun doute, rétorqua Heather. Les Vitamines Bonne Mine sont sans danger, bonnes pour la santé et efficaces. Elles seront bientôt numéro un sur le marché, nous en sommes convaincus.

– Parfait. » En réalité, Frank n'avait qu'une envie : planter là ces affreux jojos et leur projet minable. « Encore une question.

– Oui ? demanda Rich.

– Vous m'avez engagé mercredi soir. Je peux savoir ce qui est arrivé au premier réalisateur ?

– Il n'était pas à la hauteur, répondit Rich, la mâchoire serrée. Nous avons vu votre travail et il nous a semblé que vous sauriez transmettre notre vision du produit – peps, dynamisme, forme…

– Je ferai de mon mieux, déclara Franck en se levant. Mais

je refuse d'être tenu pour responsable de la médiocrité des spots qu'on va tourner aujourd'hui. J'espère au moins que les comédiens ne seront pas trop mauvais. Je vous rappelle que ce n'est pas moi qui les ai choisis. » Il marqua une pause. « J'ai quarante-deux ans. Je travaille dans la pub depuis peu. J'ai quitté mon ancien boulot parce que je voulais faire quelque chose que j'aime et dont je puisse être fier. Vos vitamines ont intérêt à tenir leurs promesses. »

Il tourna les talons et ferma la porte derrière lui.

32

Maggie tenta sa chance dans deux friperies associatives hélas si peu fournies en petites tailles qu'elle ne risquait pas d'y trouver un article rouge en 34. Puis elle comprit qu'elle perdait un temps précieux : dans ce genre de boutiques, on n'achète que ce que les autres ont mis en vente ; c'est au petit bonheur la chance.

De retour dans sa voiture garée devant *Frip'n'luxe*, elle prit son courage à deux mains et téléphona à Gladys. Elle n'avait pas trente-six solutions.

« Maggie ! Ne me dites pas que vous rappelez pour cette histoire de taille ! N'allez pas faire de folies, surtout ! J'ai hâte d'être à ce soir.

– Moi aussi. Le restaurant vient de me confirmer la réservation par e-mail. Ils organisent des soirées à thème. Ce soir, ces dames sont invitées à porter du rouge. Ça vous convient ?

– Une soirée à thème ? J'espère que ce n'est pas un de ces endroits si bruyants qu'on ne s'entend pas penser ! J'ai très envie de vous voir mais…

– Oh, non ! C'est plutôt chic ; ça va vous plaire. Vous avez du rouge ?

– Oui.

– Ça ne vous ennuie pas de jouer le jeu ?

– Non. Ça peut être drôle.

– Super ! À tout à l'heure ! »

Quel soulagement ! songea Maggie en raccrochant. J'aurais dû passer ce coup de fil dès le départ ; qu'est-ce qui ne va pas chez moi ? Je file acheter une boîte de confiseries. Comme ça, Gladys aura un autre paquet à ouvrir que celui avec le pantalon gris. Je ne voudrais pas qu'elle me le jette à la figure ! Ce qui se comprendrait…

Et Norman qui n'a toujours pas rappelé. Je suis sûre qu'il fait ça pour m'énerver. S'il faut le supplier, ma foi, je ne suis pas à ça près. Elle recomposa son numéro. Répondeur. « Norman, s'il vous plaît, pouvez-vous me rappeler ? C'est vraiment important. » Elle lui envoya ensuite un texto dont le premier mot était URGENT.

Ça devrait attirer son attention. Allez ! La chocolaterie, maintenant ! Je pourrais y aller les yeux fermés !

33

Déterminé à s'acquitter de la mission que Regan lui avait confiée, Norman cherchait encore un endroit où acheter un flacon en verre avec un embout compte-gouttes. Ce n'est pas de chance, songeait-il au volant de sa voiture. J'en suis à trois pharmacies. Mais il est hors de question de laisser ces quelques gouttes de thé s'évaporer. Elles sont la preuve irréfutable que Rich a drogué Zelda ! Ce type doit payer pour ce qu'il a fait. J'espère qu'il va croupir en prison pour le restant de ses jours !

Jusqu'où est-il capable d'aller ?

Norman entra dans un autre parking et commença à chercher une place. Quel monde ! Et quel stress ! Se garer, descendre de voiture, remonter, repartir ! Sans compter qu'il faut que je rentre le plus vite possible : Zelda et Regan attendent ces documents.

Rich n'a jamais été très sympa avec moi. C'est à se demander pourquoi. Je ne lui ai rien fait. J'ai même préféré me taire à son sujet, voyant que Zelda semblait contente de lui. Je ne vais plus me priver, à présent !

Son téléphone se mit à sonner au moment où il se garait. Il jeta un œil sur l'écran. Tiens ! On dirait le même numéro que tout à l'heure ! Je n'ai pas le temps de papoter ! Tant pis !

Il courut jusqu'à la pharmacie où il trouva enfin son bonheur. Malheureusement, il y avait beaucoup de monde à la caisse et il faillit s'impatienter, conscient qu'il perdait de précieuses minutes.

Calme-toi, se dit-il en serrant le flacon dans sa main. Ce que tu fais est primordial.

On a la preuve qu'il a voulu lui faire du mal.

Il ne faut pas la laisser disparaître.

34

Au même moment, à Summit, dans le New Jersey, Nora Regan Reilly allumait le poste de télévision de son petit salon, histoire de regarder les informations en attendant le retour de son mari, Luke. Au programme de ce vendredi soir : apéritif à la maison puis dîner en ville dans un charmant restaurant italien. À l'occasion de la sortie de son dernier livre, Nora consacrerait son samedi après-midi à une séance de dédicaces dans une librairie du coin – rituel auquel elle se pliait de bonne grâce tant elle appréciait de retrouver, année après année, le même groupe de fidèles lecteurs. Des amis, presque ! Le week-end s'annonçait donc des plus agréables.

Je me demande comment Regan s'en sort, songea Nora en s'installant sur le canapé. Pourvu que les choses s'arrangent pour Zelda. Tiens, pendant que j'y pense… Elle se leva, prit le DVD de *Pyramide* dans un tiroir du meuble de télévision et le glissa dans le lecteur.

Je me ferais incendier par ma fille si elle me voyait, pensa-t-elle en se rasseyant. Je veux simplement revoir Zelda. À l'aide de la télécommande, Nora sauta le passage où Regan apparaissait à l'écran – non sans mal à dire vrai, car son regard assassin au moment où elle avait perdu, à la toute dernière question, valait le détour. Mais Luke, par trop habitué aux accès de nostalgie de sa femme, n'allait pas tarder.

La voilà ! Zelda respirait la gentillesse avec son sourire d'ange et ses longues boucles ramenées en arrière à l'aide de peignes fantaisie. Elle portait un chemisier vert et blanc et des bijoux en argent qui mettaient son teint en valeur.

« Je m'appelle Zelda Horn ; je viens de Santa Maria. »

Nora regarda la jeune fille du début à la fin. À chaque bonne réponse, Zelda, tout excitée, s'accrochait au bras de son partenaire. Elle n'en revenait pas.

Vint enfin le moment du jackpot : la manche bonus.

J'ai beau savoir ce qui va se passer, se dit Nora, c'est affreux. Zelda avait l'air si confiant au début de la manche. Elle avait une minute pour deviner dix mots. Mais tout à coup, c'était comme si son coéquipier s'était transformé en benêt : euh... suivi d'un blanc, puis euh... Incroyable. Zelda avait bien joué, mais elle n'avait pas eu de chance. À la fin de l'émission il avait une expression à vous briser le cœur. La pauvrette avait été jusqu'à consoler son partenaire : ce n'est pas grave, disait-elle en lui tapotant la main, magnanime.

Aux antipodes de la réaction de ma fille ! songea Nora en riant. Elle lui aurait tordu le cou, à sa coéquipière ! Il faut reconnaître qu'elle a tout gâché ! Au dixième et dernier mot en plus ! Sans ça, Regan aurait gagné les doigts dans le nez. Nora éteignit le DVD.

Tout à coup, elle repensa à la lettre dont elle avait parlé à Regan le matin même.

De quoi s'agissait-il déjà ? Elle monta dans son bureau, récupéra ladite lettre puis redescendit à la cuisine où elle se servit un verre de vin.

Le message, rédigé sur du papier A4 décoré de fleurs sur les côtés, commençait par « Chère Nora », écrit à la main. Le corps de la lettre était quant à lui tapé à la machine. Une certaine Chris Clare expliquait qu'elle gérait une œuvre de bienfaisance pour les enfants et qu'elle voulait changer le monde. Elle donnait peu de détails. Nora avait soi-disant été élue, comme quatre-vingt-dix-neuf autres personnalités, pour recevoir cette lettre. En voilà une bonne, se dit Nora. Je n'ai pas fait très attention quand j'ai reçu ça, mais je vois qu'à la fin, c'est signé Clare Chris, et non pas Chris Clare. Je n'ai jamais vu une chose pareille ! Et bien sûr, il n'y a pas d'adresse mais une boîte postale !

Je donnerais cher pour savoir où a atterri cet exemplaire dédicacé.

La porte de derrière s'ouvrit. Luke entra dans la cuisine. « Bonjour, chérie, dit-il en s'avançant pour l'embrasser.

– Bonjour. Contente que tu sois rentré.

– Moi aussi ! Qu'est-ce que tu lis de beau ?

– Une lettre dont je parlais à Regan ce matin. C'est une demande de livre dédicacé. L'expéditrice prétend gérer une association caritative, mais je suis sûre qu'elle ment. Je vais te servir un verre de vin.

– Et comment va notre fille ? demanda Luke en rangeant son manteau dans le placard du couloir.

– Elle est tombée sur Zelda, tu sais, la fille qu'elle avait rencontrée pendant ce jeu télévisé ? Son père vient de se marier avec une femme qu'il connaît à peine. Ils ont fait ça à Vegas, à l'arrière d'un taxi ! Tu te rends compte ? Elle a demandé à Regan de fouiller un peu dans le passé de la jeune mariée.

– Pas bête ! répondit Luke en suivant Nora dans le petit salon. J'espère quand même que Regan et Jack vont pouvoir profiter de leur week-end en amoureux.

– Moi aussi. Mais tu connais ta fille. Elle ne peut pas s'empêcher d'aider les gens.

– C'est bien ce qui m'inquiète. »

35

Regan ne trouva pas grand-chose sur Rich-Richard Willowwood sur le Net. Sa société, Willowwood Management, apparaissait sur un site qui répertoriait les cabinets de gestion financière. Basée à Sherman Oaks, elle comptait jusqu'à quatre conseillers en investissements. Regan cliqua sur le lien URL mais tomba sur une page « site en construction » sans autre détail.

Zelda revint de la salle de bains. « Je prendrais volontiers une douche, mais je crois que je vais d'abord m'étendre un peu.

– Une douche ? Tu es sûre que tu peux rester debout si longtemps ?

– Je ne sais pas. Pour l'instant, je m'allonge. Regan, tu as l'air fatigué.

– Je vais bien.

– Tu as passé la nuit sur cette chaise. Pourquoi tu ne vas pas dormir dans une des chambres ? Ce serait bien que tu sois en forme pour ta soirée avec Jack. Norman ne devrait plus tarder à présent. En attendant, fais une pause.

– Tu ne veux pas qu'on parle de Bobby Jo ?

– Je n'ai pas envie de penser à elle pour le moment. Elle débarque dans la soirée, que je le veuille ou non. On s'occupera de son cas plus tard. Rich, c'est une autre histoire : on pourra s'attaquer au problème dès que Norman aura rapporté ces relevés. » Zelda se mit au lit en soupirant. « Regan, s'il te plaît, repose-toi quelques minutes. »

Regan passa la main sur sa nuque. « Je vais m'étendre. Mais j'ai du mal à faire la sieste ; en général, je fixe le plafond et je réfléchis.

– Bon, va réfléchir, alors. Mais au moins, reste tranquille. »

Regan descendit dans la chambre qui avait servi de vestiaire la veille au soir. Une odeur d'antan flottait dans l'air, ce qui n'était pas pour lui déplaire. Cette maison n'est pas si mal, pensa-t-elle. Elle est vieillotte, c'est tout. La pièce, munie d'épais rideaux qui voilaient les fenêtres donnant sur le jardin de derrière, était plongée dans la pénombre ; les meubles, de couleur foncée, ajoutaient encore à l'atmosphère lugubre qui y régnait.

Elle ôta ses chaussures, tira le couvre-lit fleuri et s'allongea confortablement. Son corps oublia aussitôt les longues heures passées sur la chaise. Dans le manoir, tout était calme. Il ne lui fallut que quelques minutes pour s'assoupir.

Au réveil, Regan se frotta les yeux, ne sachant plus où elle était. Elle regarda sa montre et tout lui revint. Quatorze heures quarante-cinq. J'ai dormi une heure, se dit-elle. Norman n'est toujours pas revenu ? Elle se redressa, se frotta les bras pour se réchauffer et commença à se chausser. Tout à coup, un grincement dans le couloir la fit sursauter. « Norman, c'est vous ? »

Pas de réponse.

Elle ouvrit la porte et jeta un œil dehors. Personne. Ah ! soupira Regan. Les vieilles maisons ! Elles craquent de partout. Mais au moins, on sait pourquoi ! Regan avait une amie qui vivait dans un gratte-ciel étroit flambant neuf près de l'East River. Au moindre coup de vent, l'immeuble craquait comme un trois-mâts en pleine tempête !

Regan alla jusqu'à la salle de bains et alluma la lumière. Incroyable ! Des miroirs biseautés pleins de fêlures couvraient la totalité des murs ; sur la gauche, une antique baignoire à pattes de lion ; à droite, des toilettes. Elle s'avança jusqu'au lavabo. Fatiguée ? J'ai l'air épuisé, oui !

Tout à coup, une haute silhouette brandissant un couteau surgit derrière elle et s'élança. Regan fit un pas vers la gauche en criant.

L'homme manqua s'écraser contre le lavabo. « Boucle-la », hurla-t-il, furibard.

Elle attrapa le long tuyau argenté qui pendait autour du robinet de la baignoire et lui envoya le pommeau de douche rouillé à la figure. Elle reconnut le type bizarre qu'elle avait suivi dans le parking du centre commercial. Il s'empara du tuyau et le jeta contre le mur miroir.

Je suis fichue, pensa Regan, dans tous ses états. Elle se réfugia dans le coin en criant comme une damnée. C'était trop tard. Elle ne pouvait plus lui échapper. Le nez en sang, il se dressa de toute sa taille et s'approcha d'elle.

Tout à coup, un pan de verre s'abattit sur sa tête avant de se briser sur le sol, lui arrachant un cri de douleur. Il s'effondra sur la baignoire et lâcha le couteau.

Derrière lui, Zelda, en chemise de nuit.

« Zelda ! s'écria Regan en récupérant le couteau dans la baignoire. Il n'y a pas une minute à perdre ! » Elles furent dans le couloir en moins de temps qu'il ne faut pour le dire et fermèrent la porte.

« Le buffet ! Aide-moi ! » dit Regan. Elles poussèrent le meuble de toutes leurs forces de sorte que la porte fût bloquée. « Ne restons pas là ! » Regan prit Zelda par la main et l'entraîna jusque dans la cuisine où elle ramassa les clés de sa voiture avant de quitter la maison.

Elles trouvèrent Norman en train de remonter l'allée.

« Appelle les secours ! cria Regan. Vite ! »

36

Au micro de la salle de conférences du commissariat, un intervenant volubile répondait aux questions de ses collègues lorsqu'un officier de la police de Los Angeles apparut aux côtés de Jack.

« Vous n'avez pas d'inquiétude à avoir, mais votre femme vient d'appeler », murmura-t-il à son oreille.

Jack n'eut pas besoin d'en entendre davantage. Il se leva d'un bond et sortit du commissariat en courant. Dehors, une voiture de patrouille l'attendait. Il sauta dedans et l'officier au volant démarra en trombe, sirène hurlante.

37

Regan et Zelda s'étaient réfugiées dans la voiture de Norman, lequel avait aussitôt appelé les secours. Regan avait ensuite fait prévenir Jack, via le commissariat central de la ville.

« Au nom du ciel, que s'est-il passé ? » s'écria Norman, le pied sur l'accélérateur – pas question de traîner si l'agresseur de Regan sortait de la maison.

« J'étais dans la salle de bains du bas quand un cinglé surgi de nulle part a essayé de me poignarder avec ça, souffla Regan en posant un long couteau à ses pieds. Il est pareil que l'autre.

– Oh, mon Dieu !

– Heureusement, Zelda est venue à mon secours.

– Comment ça ?

– J'ai entendu Regan crier, alors j'ai foncé au rez-de-chaussée. J'ai pris le premier truc qui me tombait sous la main : un carreau décollé qui était par terre contre le mur, et je l'ai assommé d'un grand coup sur la tête.

– Zelda, tu peux être fière de toi ! dit Norman en lui prenant la main. Qui c'était, ce type ? »

Les deux amies ouvrirent la bouche en même temps puis se regardèrent. Zelda avait l'air bouleversé.

« Qu'y a-t-il, Zelda ? demanda Regan. Tu viens de me sauver la vie.

– Tout est ma faute.

– De quoi tu parles ?

– Le fou furieux, comme tu dis, c'est mon client.

– Quoi ? fit Regan, interloquée.

– Non ! Lequel ? demanda Norman.

– Griff !

– Griff ? Incroyable.

– Je m'en doutais. J'aurais dû me méfier de lui.

– Explique-toi, dit Regan.

– Quand on a fait connaissance, il y a six mois, il m'a parlé de ses problèmes en long, en large et en travers, à commencer par son enfance, pas franchement rose. Il avait tout juste douze ans quand son père est parti. Sa mère s'est retrouvée seule avec trois enfants à nourrir. Elle a fait ce qu'elle a pu pour faire face, mais quand on bosse du matin au soir pour un salaire de misère… Bref. Griff s'est mis à traîner avec des voyous et a eu pas mal d'ennuis au lycée. Il a fini par décrocher son bac et, deux ou trois ans plus tard, il a débarqué à Los Angeles pour tenter sa chance comme acteur. Il voulait tourner la page, devenir quelqu'un. Mais quand je l'ai rencontré, il n'y croyait plus. À vingt-quatre ans, sa carrière était au point mort ; il n'avait pas un sou en poche. Je lui ai proposé mes services. Gratuitement. Ou plutôt, en lui disant qu'il me paierait quand il pourrait.

– C'est tout à ton honneur, Zelda, commenta Regan.

– Oui, mais il cherche à profiter de moi depuis le début, c'est clair comme de l'eau de roche. La première fois que je l'ai vu, à l'occasion d'un festival réservé aux jeunes talents, je suis allée le féliciter. Il m'a semblé tellement fragile, tellement peu sûr de lui, que je lui ai proposé de m'appeler. Ce qu'il n'a pas manqué de faire. Et il a su me manipuler pour que je ne regarde pas à la dépense ! Ça fait des mois que je paie son loyer. Hier, je l'ai invité à déjeuner. Mais ça ne suffisait pas, bien sûr. Monsieur s'est plaint de n'avoir rien à se mettre sur le dos pour aller à ses auditions ; et moi, bonne poire, je l'ai habillé de pied en cap. D'ailleurs, je lui ai acheté tellement de vêtements qu'il n'a pas pu les rapporter chez lui. Il était à vélo – il ne peut plus utiliser sa voiture, il a crevé. Il s'attendait sûrement à ce que je lui paie un pneu neuf ! Bref, il devait passer aujourd'hui pour récupérer ses affaires mais on était patraques tous les deux. Tu parles ! Il n'avait pas l'air malade tout à l'heure ! Enfin, pas physiquement en tout cas ! » Zelda enfouit son visage dans ses mains. « Qu'est-ce que je peux être bête ! Ce n'est pas faute d'avoir eu des doutes à son sujet. J'aurais dû lui couper les vivres il y a trois mois. Cela dit, je ne comprends pas pourquoi il est venu ici. Pourquoi s'en est-il pris à toi ? Qu'avait-il en tête ?

– Zelda, c'est moi la seule responsable dans cette histoire.

– Pourquoi ?

– Hier, quand on s'est séparées sur le parking du centre commercial, je l'ai vu déboucher d'une cage d'escalier. »

Puis Regan lui raconta ce qu'elle avait vu.

« Tu crois qu'il cherchait à voler une voiture ?

– Ça y ressemblait.

– Attends une minute ! Hier, je n'ai jamais pu remettre la main sur mon ticket de parking ! Si ça se trouve, c'est lui qui me l'a piqué ! Je me rappelle maintenant : je lui ai confié mon sac à main le temps d'essayer un pantalon. C'est même lui qui m'a proposé de me le tenir. Dire que j'ai pris ça pour de la gentillesse ! Il avait tout prévu !

– Tu as sûrement raison, commenta Regan. C'est bien plus simple de partir avec une voiture volée quand on a un ticket.

– Mais s'il a vu que tu l'avais repéré, il a dû faire profil bas et filer sur son vélo, non ? Dans ce cas, pourquoi s'attaquer à toi ?

– Faut croire qu'il a autre chose à cacher. Et on va tâcher de savoir quoi.

– Tout à l'heure, quand je suis allé récupérer tes papiers, dit Norman, la mine déconfite, j'ai oublié de fermer à clé. C'est à cause de moi s'il a pu entrer dans la maison.

– Ne vous inquiétez pas pour ça, Norman, dit Regan. Ce type est hors d'état de nuire à présent. Heureusement, d'ailleurs ! Car d'après ce que j'ai vu, il est capable de tout.

– En effet ! À mon avis, c'est la même chose pour Rich Willowwood ou Woodwillow ou Machin-Truc. S'il a mis quelque chose dans le thé de Zelda – ce qu'il a fait, j'en suis certain –, il est capable de pire encore.

– Vous imaginez si j'avais été sonnée au point de ne pas entendre Regan crier ? demanda Zelda, en colère.

– On n'a pas terminé notre petite enquête », répondit Regan en lui prenant la main.

Des sirènes de police retentirent. Bientôt, deux voitures de patrouille, tous gyrophares allumés, arrivèrent en trombe. Norman ouvrit la portière.

« Il est armé et dangereux ! cria-t-il aux officiers. Je viens vous ouvrir ! »

Dans la voiture, un air de music-hall se fit entendre : le téléphone de Norman. Regan l'attrapa tandis que Zelda descendait. Pourvu que ce soit lui, se dit-elle. Oui. Elle décrocha.

En entendant la voix de Jack, elle ne put retenir ses larmes.

38

Mon Dieu, faites qu'il y ait quelqu'un, songea Maggie en s'engageant dans la rue où se trouvait le domaine des Scrump.

Puis elle commença à monter l'allée. Que se passe-t-il ici ? se demanda-t-elle en entendant le grésillement sonore de plusieurs radios.

Devant la maison, pas moins de trois voitures de police et des officiers escortant un homme menotté.

Il n'était pas là hier soir, celui-là, pensa Maggie. J'espère que tout le monde va bien. Y compris Norman. Je vais me garer sur le côté, histoire de ne pas boucher le passage. De toute façon, la pelouse ne craint plus rien ! Quand je vais leur dire que je suis là pour récupérer mon maquillage, ils vont trouver ça un peu léger. Elle descendit de voiture.

Un policier vint à sa rencontre.

« Bonjour, dit-elle. Rien de grave ? »

Il se contenta de secouer la tête, visiblement peu enclin à faire la conversation. « Vous désirez ? demanda-t-il.

– J'ai travaillé ici hier soir. J'ai oublié quelque chose.

– Désolé, mais il va falloir revenir plus tard.

– Vous ne comprenez pas, protesta Maggie. Il s'agit de mon maquillage, je suis comédienne et j'ai un tournage ce soir...

– C'est une scène de crime ici, mademoiselle. »

Au même instant, Regan, qui venait de raccrocher, aperçut la jeune femme. Voyant sa mine déconfite, elle s'approcha. « C'est bon, fit-elle au policier. Je m'en charge.

– Oh, merci. Vous m'avez sûrement aperçue hier soir. Maggie Keene.

– Regan Reilly.

– Que s'est-il passé ? demanda Maggie, atterrée.

– Le type aux menottes a essayé de me tuer.

– Vous tuer ? Mais pourquoi ?

– C'est ce qu'on va tâcher de comprendre. Je suis détective privé.

– C'est affreux. Une chance qu'il ait raté son coup. Pardon ! C'est déplacé de dire ça.

– Ce n'est rien. En quoi puis-je vous être utile ?

– J'ai un peu honte, dit Maggie, visiblement mal à l'aise. J'ai oublié ma trousse à maquillage dans la salle d'eau près de la cuisine. J'en ai vraiment besoin ; je joue dans une pub ce soir. J'ai la peau super-réactive : je ne supporte pas les produits qu'ils nous mettent en studio.

– Vous êtes allergique ? Je vous plains. Heureusement, vous n'avez pas utilisé l'autre salle de bains du bas : c'est la scène de crime. Accès interdit !

– La pièce aux miroirs ?

– Oui.

– La déco en faisait déjà une scène de crime ! »

Regan esquissa un sourire. « Attendez-moi ici.

– Merci. C'est très sympa de votre part. »

Regan revint au bout de quelques minutes avec une trousse brodée de trèfles. « C'est mignon comme tout ! Vous aussi, vous êtes d'origine irlandaise ?

– Oui. J'ai grandi à Bridgeport[1]. C'est un cadeau de ma nièce, genre porte-bonheur pour comédienne en mal de rôle ! Attention, Hollywood, j'arrive !

– C'est tout le mal que je vous souhaite. On a tous besoin de chance dans la vie. La preuve, j'aurais pu y rester aujourd'hui.

– À qui le dites-vous. Merci encore, sincèrement. Si je peux faire quoi que ce soit pour vous, surtout, n'hésitez pas, dit-elle en donnant sa carte à Regan. Si vous organisez une fête, par exemple, je serai ravie de bosser pour vous à l'œil !

– Je vis à l'autre bout du pays !

– On ne sait jamais. Nos chemins se recroiseront peut-être.

– Peut-être, oui. Eh bien, bon tournage ! Au fait, c'est pour quoi, cette pub ?

– Des vitamines. Je suis sûre que ça va être complètement nul.

– Des vitamines ? De quelle marque ?

– Les Vitamines Bonne Mine. Il n'y a pas plus ringard, comme nom ! C'est un tout nouveau produit, censé donner une super-pêche à toute la famille, du nourrisson aux

1. Bridgeport est le quartier irlandais de Chicago.

grands-parents ! N'importe quoi ! Mais bon, un boulot, c'est un boulot !

– C'est où, le tournage ?

– À une cinquantaine de kilomètres au nord de la ville. Je ferais mieux de m'activer, d'ailleurs ! Il faut que je me change et que je fasse la route.

– Maggie, ça va vous paraître un peu gros, mais je crois que je vais avoir besoin de votre aide plus vite que vous ne l'imaginiez !

– Vraiment ? Pas de problème. De quoi s'agit-il ?

– Pas plus tard que ce matin, Rich, le conseiller financier de Zelda, lui a suggéré d'investir une grosse somme dans une compagnie qui s'apprête à lancer une toute nouvelle vitamine sur le marché. Elle a accepté mais, après réflexion, elle se demande si ce n'est pas un peu trop risqué. On sort tellement de produits qui prétendent être meilleurs que les autres...

– Ne m'en parlez pas ! Il y a quelques années, mes parents se sont laissé convaincre d'investir dans une boîte qui prétendait révolutionner la Cocotte-Minute. Évidemment, ça n'a pas marché ! C'est comme réinventer la roue : inutile ! Aujourd'hui, ils en rigolent – le fait que l'homme qui les a escroqués soit derrière les barreaux ne gâche rien, bien sûr ! Mais, de manière générale, dans ma famille, on considère qu'une bonne anecdote, ça n'a pas de prix ! »

Un peu comme chez moi, songea Regan. « Maggie, vous pourriez tendre l'oreille pendant le tournage, histoire de glaner quelques informations sur la société. Il pourrait s'agir de celle dont Rich a parlé à Zelda. Rien n'est sûr, mais il a effectivement évoqué une vitamine pour tous les âges. »

Maggie ouvrit de grands yeux.

« Qu'y a-t-il ? demanda Regan.

– Ça va vous paraître étrange.

– Dites toujours.

– Hier soir, j'ai sympathisé avec Gladys, la comptable.

– Et ?

– On a pris quelques photos.

– Mais encore ? fit Regan, craignant le pire.

– Gladys m'a dit qu'elle avait toujours rêvé de devenir comédienne. Aujourd'hui, j'ai consulté les avis de casting sur Internet et j'ai envoyé son portrait à plusieurs réalisateurs. J'ai reçu un coup de fil dans les cinq minutes qui ont suivi. On est prises toutes les deux pour cette pub. On n'a même pas eu à faire un essai. Voyez ce que je veux dire ? Ils doivent vraiment être dans l'impasse.

– Gladys va jouer dans la pub avec vous ?

– Oui.

– Dans ce cas, ça ne doit pas être la même boîte. Gladys travaille avec le conseiller de Zelda.

– Pour tout vous dire, cette histoire de tournage, c'est une surprise. Elle croit qu'on va dîner au restaurant. Je pensais qu'elle serait ravie de pouvoir enfin jouer la comédie.

– Oh, fit Regan. Eh bien, elle risque d'être surprise, en effet.

– Si Rich a parlé de ça à Zelda ce matin, Gladys n'est peut-être pas au courant. Les investissements, ça ne la concerne pas vraiment.

– Vous n'avez pas tort. Mais, Maggie, faites-moi plaisir : pas un mot de tout ça à Gladys, d'accord ?

– Comptez sur moi !

– Je n'aurais probablement pas dû vous en parler. J'essaie simplement d'aider Zelda.

– Regan, je comprends, ne vous inquiétez pas. Motus et bouche cousue. Donnez-moi votre numéro. Je vous appellerai une fois sur place pour vous dire ce qu'il en est.

– Super. J'espère que ça va bien se passer.

– Merci ! On verra bien ! »

Maggie monta dans sa voiture et fit au revoir de la main en s'éloignant.

C'est une chic fille, cette Maggie, songea Regan. Mais j'aurais dû tenir ma langue.

39

Pendant ce temps, Norman étalait les relevés de comptes sur la table de la salle à manger. Il a fallu que je sois à l'autre bout de la ville pile au moment où il y avait de l'action ! Je n'en reviens pas. J'aurais pu aider, lui faire un croche-pied, que sais-je. Mais bon, comme disait Regan, l'essentiel, c'est qu'il soit hors d'état de nuire. C'est au tour de Rich, à présent. On va lui régler son affaire ! À lui et à tous ceux qui louchent sur l'argent de Zelda.

Dans le salon, Zelda et Regan répondaient aux questions des inspecteurs.

Norman jeta un œil par la fenêtre. Une voiture de patrouille remontait l'allée. Encore ? s'étonna-t-il. Il vit un homme sortir du véhicule et se précipiter vers l'entrée latérale. Ça doit être le mari de Regan.

« Regan, s'écria-t-il, nullement inquiet d'interrompre le travail des enquêteurs, je crois que votre mari vient d'arriver.

– Merci. »

Regan s'excusa et courut retrouver Jack dans la cuisine où ils s'enlacèrent sous le regard un rien indiscret de Norman.

Jack l'embrassa tendrement et la serra longuement contre sa poitrine.

« Mon amour, lui susurra-t-il à l'oreille.

– Je t'aime. J'ai eu tellement peur de ne jamais te revoir. »

Je crois bien que je vais pleurer, songea Norman, sincèrement ému. Un jour peut-être, je rencontrerai l'âme sœur. Pfff ! Quand les poules auront des dents, comme dirait Zelda. Bon, voyons ces relevés.

40

Peu avant dix-sept heures, Frank guettait l'arrivée imminente des premiers comédiens tout en inspectant les décors.

Je ne les trouve pas très nets, ces producteurs, s'inquiétait-il en son for intérieur. S'ils faisaient du cinéma, je les verrais bien jouer les truands ; ça leur irait comme un gant. Ils ont l'air nerveux tout à coup. Ils restent là, à attendre Dieu sait quoi, au lieu d'aller dîner quelque part.

En tout cas, vivement ce soir, que j'arrose la fin de ce tournage. Remarque, je n'ai rien prévu de spécial.

À l'autre bout de l'entrepôt, deux silhouettes hésitantes apparurent dans l'encadrement de la porte. Tiens, se dit Franck en apercevant leurs housses à vêtements, voilà mes acteurs.

« Bonjour, dit Frank en s'avançant vers eux. Je vous en prie, entrez ! Je vais vous montrer où vous changer. Je jetterais bien un œil à vos tenues… »

Au même moment, dans le bureau, Rich raccrochait le téléphone.

« Alors, ce virement, il est fait ? lui demanda Heather.
– Pas encore. Et je viens de recevoir un énième texto de Zelda », ajouta-t-il en regardant l'écran de son portable.

41

Après le départ des enquêteurs, Zelda fila sous la douche, espérant retrouver forme humaine, tandis que Regan et Jack se chargèrent de prélever les quelques gouttes de thé sur la table de chevet.

« Je croise les doigts pour qu'on n'ait pas à faire analyser ce truc », dit Jack à voix basse en fermant le flacon. « On a eu assez de problèmes comme ça », ajouta-t-il en serrant sa femme dans les bras.

Norman termina de classer les papiers et invita les autres à se joindre à lui pour éplucher les relevés bancaires.

Ils n'eurent pas à chercher longtemps pour tomber sur des opérations pour le moins suspectes.

Depuis le mois de janvier – soit tout juste deux mois après l'exécution du testament de Florence Natalie –, des sommes de plus en plus importantes étaient régulièrement prélevées des trois comptes sur lesquels Rich avait placé la fortune de Zelda. Pour qui ? Pour quoi ? Elle n'en avait pas la moindre idée.

« Il a dû commencer petit, histoire de voir si je consultais mes relevés, dit Zelda, incrédule. Quand il a compris que non, il a augmenté le montant des virements.

– Avez-vous signé des papiers qui l'autorisent à débiter de telles sommes ? demanda Jack.

– Pas que je m'en souvienne. Mais avec toute la paperasse qu'il me montre, je n'ai pas le temps de lire les clauses en petits caractères. C'est ma faute. Je lui ai fait une confiance aveugle. Il me disait : Chacun son métier ! Occupe-toi de tes petits protégés ; moi, je m'occupe de tes finances.

– Le coup classique ! s'écria Regan, agacée. Les escrocs comme Rich servent toujours ce genre de discours, surtout aux gens un peu bohèmes. Ils leur font croire qu'ils les débarrassent des problèmes bassement matériels, alors qu'en fait, ils leur font les poches.

– Regan, arrête, tu m'inquiètes, fit Zelda.

– Désolée de te tarabuster comme ça, mais c'est la vérité.

– Je devrais geler mes comptes tout de suite, non ?

– Oui, il n'y a pas de temps à perdre », dit Jack.

Zelda appela aussitôt sa banque pour s'entendre dire qu'un virement de deux millions de dollars était en cours.

« Quoi ? hurla-t-elle. Hors de question ! Vous annulez ça tout de suite ! »

Jack lui prit le combiné des mains, déclina son identité et demanda à parler au directeur de l'agence. Celui-ci lui confirma l'annulation de la transaction. Jack précisa que Rich Willowwood ne devait, sous aucun prétexte, en être informé. Il se verrait notifier qu'il n'était plus le conseiller financier de Mlle Horn. Dans la foulée, Zelda envoya un fax à la banque pour avoir une trace écrite de sa demande. Elle essaya ensuite de joindre Rich. En vain.

« Qu'est-ce qu'on fait maintenant ? demanda-t-elle.

– Il n'a plus accès à tes comptes, c'est déjà ça, répondit Regan pour la rassurer.

– Mais d'après les relevés... on n'a pas calculé, mais il a empoché des centaines de milliers de dollars.

– On va confier tout ça à un expert-comptable assermenté qui trouvera où l'argent a atterri, dit Regan. Rich en a peut-être investi une partie sans t'en parler.

– J'en doute, répondit-elle, dépitée. C'est fou ce qui m'arrive. Si je lui mets la main dessus...

– Son cabinet est à Sherman Oaks, c'est ça ? demanda Jack en regardant un relevé bancaire. Vous y êtes déjà allée ?

– Non.

– Vous savez où il vit ?

– À Santa Monica. Mais je n'ai pas son adresse. L'année dernière, j'en ai eu besoin pour lui envoyer une carte de vœux. Il a dit qu'il préférait la recevoir à son cabinet. Ça m'a toujours chiffonnée un peu d'ailleurs. Vous croyez que je devrais appeler Gladys ? Elle sait peut-être quelque chose.

– Tu n'arriveras sûrement pas à la joindre. Elle a un tournage ce soir. Pour une publicité.

– Quoi ? » s'étonna Zelda.

Regan rapporta sa conversation avec Maggie.

« Gladys ? Dans une pub pour des vitamines ? répéta Norman, incrédule.

– Je sais, dit Regan. Vous vous dites que c'est une drôle de coïncidence. Mais c'est Maggie qui a posté une photo de Gladys sur le site des petites annonces. Elle n'est même pas au courant ; elle croit que Maggie l'emmène au restaurant, c'est son anniversaire.

– Son anniversaire ? fit Zelda. Mince ! J'ai oublié. Mais c'est une bonne raison pour l'appeler. » Elle composa aussitôt le numéro de sa comptable et lui laissa un message. « Bonjour Gladys ! C'est Zelda. Joyeux anniversaire ! On aurait dû souffler tes bougies hier soir. Rappelle-moi quand tu as un moment. Au revoir.

– Adorable, grommela Norman.

– Et maintenant ? C'est affreux. Comment a-t-il pu espérer s'en sortir sans être inquiété ? On parle de deux millions de dollars, quand même ! Il prévoyait de tout injecter dans ces vitamines, vous croyez ? C'est invraisemblable. Et qu'on ne me dise pas que j'ai autorisé ça en signant un bout de papier ; je m'en moque ! »

Norman montra le flacon contenant l'échantillon de thé. « Hum. Rich sait bien que d'ordinaire tu ne prends pas la peine de lire ce que tu signes, mais sur ce coup-là, il ne pouvait pas courir le moindre risque. D'où la nécessité de te droguer.

– Ce que je ne comprends pas, c'est pourquoi maintenant ? Je n'aurais pas tardé à me rendre compte qu'il manquait deux millions. Ça représente un quart de ma fortune ! Je n'aurais jamais investi une telle somme dans quoi que ce soit.

– Zelda, on est vendredi soir, dit Jack. On ne peut rien faire de plus concernant tous ces virements avant lundi. Mais je peux appeler au bureau et demander à mes hommes de commencer à fouiller dans le passé de Rich.

– Ce serait super. Merci. Je ne me vois pas attendre sagement jusqu'à lundi pour en savoir plus. » Elle marqua une pause avant de poursuivre avec une moue tristounette : « J'ai bien peur que ce week-end soit interminable – indépendamment de cette histoire.

– J'ai cru comprendre, répondit Jack avec sollicitude. Regan m'a parlé de la femme de votre père. Elle n'a peut-être rien à se reprocher. Mais si vous voulez, je peux mettre mes gars dessus aussi. »

Zelda hésita. « J'ai un peu honte. Ce qui s'est passé ici aujourd'hui aurait pu finir en drame. Ce qu'a fait Rich est aussi très grave, à un autre niveau bien sûr. Alors cette histoire de mariage me paraît dérisoire à l'heure qu'il est. Je ne peux pas vous demander ça.

– Mais tu détestes cette bonne femme, lui rappela Norman. Et n'oublie pas qu'ils se sont dit oui sans même descendre de leur taxi ! »

Il ne mâche pas ses mots, songea Regan.

« Bon, d'accord, fit Zelda dans un soupir. Mais uniquement parce que si je laisse tomber, je n'ai pas fini d'en entendre parler, n'est-ce pas Norman ?

– Ah, super ! s'écria-t-il en lui tapotant le bras. Jack, je vais vous mettre par écrit les informations dont vous aurez besoin.

– Merci, répondit-il en le suivant dans la cuisine.

– J'ai l'impression que ça remonte à une éternité, ce jeu télévisé, dit Regan.

– Une éternité, répéta Zelda tristement.

– Je ne disais pas ça pour te démoraliser.

– Je sais. »

Le téléphone de Regan sonna. Elle décrocha.

« Allô ?

– Regan, c'est Maggie !

– Oh, coucou Maggie. »

Zelda se redressa.

« Je suis sur le tournage. Gladys a eu l'air surpris quand je me suis garée devant l'entrepôt mais elle m'a remerciée chaleureusement. À l'instant où on a passé le pas de la porte, elle m'a dit qu'elle devait aller au petit coin. Je me suis dit que je ferais mieux d'y aller aussi, alors je lui ai emboîté le pas. Elle a toqué à une porte à l'autre bout du bâtiment. Vous ne devinerez jamais qui a ouvert ! La petite amie de Rich ! Il était là aussi, assis à un bureau. Ce n'est pas un peu bizarre ?

– Oh que si, répondit Regan. Donnez-moi l'adresse, dit-elle en attrapant un bout de papier. On arrive. »

42

Sur le plateau, tout allait de travers. En plein tournage de la dernière scène, tandis que le couple survitaminé courait gaiement autour du canapé, l'acteur, pris d'un élan de spontanéité, se retourna pour embrasser sa partenaire, trébucha et tomba de tout son long. Dans sa chute, il s'écorcha le front sur le bord de la table basse en contreplaqué et envoya valser les fruits qu'on y avait posés.

« Coupez », ordonna Frank.

Plusieurs membres de l'équipe volèrent au secours de l'acteur, à qui on ne pouvait pas reprocher de ne pas être à fond dans le personnage. Il se releva d'un bond et se remit à courir sur place. « Tout va bien ! Je n'ai rien ! Une égratignure, c'est tout ! »

La maquilleuse, munie de coton, lui tamponna le front. « Et voilà !

– C'est reparti ! » dit le comédien d'une voix forte.

Maggie, qui avait observé la scène de loin, n'en revenait pas. Ce type est prêt à tout pour bosser. Remarque, ça me va bien de dire ça ! Il a fallu que j'invente une histoire pas possible pour traîner Gladys jusqu'ici, que je me démène pour lui dégotter une tenue, tout ça pour jouer dans une pub à la noix ! Maggie regarda autour d'elle. Mais où est-elle passée ? Faut reconnaître qu'elle n'a pas eu l'air ravi en arrivant. Pourvu que Regan et les autres ne tardent pas. Je me demande comment tout ça va finir.

43

Au volant de la Mercedes de Zelda, Jack filait à vive allure sur l'autoroute 405.

« Je suis tout excité ! s'écria Norman, installé à l'arrière avec Zelda. Mais qu'est-ce qu'on va faire une fois là-bas ?

– Ne vous inquiétez pas, répondit Jack. Zelda est censée avoir investi deux millions de dollars dans ces vitamines ; elle a parfaitement le droit de passer sur le tournage des publicités. N'est-ce pas, Zelda ? demanda-t-il en lui faisant un clin d'œil dans le rétroviseur.

– Parfaitement, grommela-t-elle.

– Tout comme elle a le droit de poser deux ou trois questions sur la boîte. Rich doit pouvoir y répondre. Ensuite, on abordera d'autres sujets...

– Les virements, par exemple, enchaîna Regan sur un ton désinvolte.

– J'ai les relevés avec moi, précisa Zelda en tapotant son sac.

– On pourrait peut-être suivre Mr Willowwood ce soir, histoire de voir où il habite, suggéra Jack.

– Bonne idée ! s'écria Norman en battant des mains.

– On ne va pas le laisser s'en tirer comme ça en tout cas, assura Jack. Pas après le coup des deux millions ! »

44

Enfermés dans le petit bureau au fond de l'entrepôt, Rich et Heather n'osaient plus montrer le bout de leur nez. Pas avec cette serveuse qui traînait dans les parages ! Ce n'était quand même pas de chance qu'elle ait envoyé la photo de Gladys ! La comptable ne pouvait décemment pas jouer dans cette pub ! C'était trop risqué. Ces vitamines ne tiendraient pas leurs promesses – ce ne serait bientôt plus un secret pour personne. Il faudrait alors disparaître sans laisser de traces.

« Il n'a pas rappelé, dit Rich nerveusement.

– Il va le faire, répondit Heather d'un ton qui se voulait rassurant.

– Ce n'est pas si long d'habitude. Pourquoi ce satané virement n'est toujours pas passé ?

– Il doit y avoir une bonne raison. »

Le téléphone de Rich se mit à sonner. C'était son contact à la banque. Celui qui, moyennant finances – et il était gourmand – s'assurait que tout se déroule sans anicroches.

« Allô ?

– Je suis désolé, Rich, murmura-t-il. Le virement a été annulé et la banque informée que tu ne travaillais plus pour Zelda Horn. »

Le visage de Rich s'assombrit.

« J'ai bien peur que nos amis n'apprécient guère de passer à côté de deux millions de dollars. À votre place, je quitterais le navire. »

45

Jack sortit de l'autoroute et suivit les indications du GPS sur une dizaine de kilomètres pour se retrouver au beau milieu d'une zone industrielle isolée et mal éclairée.

« Vous êtes arrivés à destination », annonça la voix métallique.

« Le tournage doit avoir lieu dans un de ces entrepôts », dit Regan en regardant à l'entour.

Une voiture qui venait de sortir du parking les doubla à vive allure.

« C'était Rich ! s'écria Zelda.

– Suivons-le, dit Jack en appuyant sur le champignon.

– Il roule trop vite ! s'exclama Norman, inquiet.

– J'espère qu'il ne va pas reconnaître la voiture.

– Pas de panique ! répondit Jack. Il est trop pressé pour regarder dans son rétro ! »

« Oh mon Dieu ! se lamenta Heather. Oh, mon Dieu !

– On va chercher l'argent qu'on a planqué et on fonce à

l'aéroport. Le mieux, c'est de se tenir à l'écart jusqu'à ce que ça se tasse. Ensuite, on pourra récupérer le reste.

– Et si mes parents sont chez eux ?

– Tu trouveras bien une histoire à leur raconter. Ça ne te pose aucun problème d'ordinaire.

– Tu peux parler ! »

Rich roulait si vite que Jack préféra le suivre de loin. Il demanda à Regan d'appeler le 911. « Ce type en a assez fait comme ça. Faudrait pas qu'en plus il tue des innocents sur la route. »

Rich arriva en trombe chez les Hedges et bondit hors de la voiture sans même éteindre le moteur pour rattraper Heather qui courait déjà ouvrir la porte.

« Salut papa, s'écria-t-elle en passant devant le salon où son père regardait la télévision.

– Salut », grommela-t-il sans lever les yeux.

Heather se précipita dans les escaliers menant au sous-sol. Bizarre, se dit-elle, c'est allumé.

Une fois en bas, elle fut accueillie par un cri perçant. Sa mère.

« Maman ! Qu'est-ce que tu fais ? » demanda Heather en se dirigeant droit sur la bibliothèque. Elle appuya sur un bouton-poussoir dissimulé et le meuble s'ouvrit comme une porte.

Petunia, qui lisait *Arnaque et séduction* un surligneur à la main, ouvrit de grands yeux. « Je te renvoie la question. Je ne savais pas qu'on avait un placard secret.

– Je l'ai fait installer avant que vous emménagiez. J'ai deux ou trois trucs à prendre et on file », dit Heather en fourrant des liasses de billets dans un sac.

Je me suis fait des idées sur son patrimoine génétique ! pensa Petunia.

« Bonjour, madame Hedges, fit Rich en passant devant son bureau. Laisse-moi t'aider, Heather.

– Maman, je peux savoir ce que tu fabriques au sous-sol ? » demanda Heather en regardant autour d'elle pour s'assurer de ne rien oublier.

« Rien de spécial. »

Deux voitures de police venaient d'arriver dans l'allée. Jack demanda aux agents qui avaient flashé Rich à cent soixante kilomètres-heure de lui accorder une minute avant d'intervenir.

Regan, Jack, Norman et Zelda se dirigèrent vers la porte d'entrée, restée grande ouverte. Zelda toqua.

« Entrez », grommela Clarence, sans lever les yeux de son match de base-ball. San Francisco menait d'un point.

« Heather et Rich sont-ils là ? demanda Zelda.

– Au sous-sol.

– Merci. »

Zelda, suivie de son assistant et des Reilly, descendit les escaliers.

Nouveau cri de Petunia.

Rich se retourna. « Qu'est-ce que tu fais là ? » vociféra-t-il en lançant un regard furieux à Zelda.

Accroupie à côté de lui, Heather s'affairait dans ce qui semblait être un placard dérobé.

« Et toi ? On peut savoir ce que tu comptais faire avec mes deux millions de dollars ? »

Deux millions de dollars ? se demanda Petunia, incrédule. Faut que je change de business, moi !

« Dehors ! aboya Heather en se relevant. On n'entre pas comme ça chez les gens !

– Par contre, les dépouiller, ça ne pose aucun problème ! » rétorqua Zelda en s'approchant du placard.

Heather lui bloquait l'accès, ce qui n'empêcha pas Zelda de voir plusieurs dossiers soigneusement étiquetés sur les étagères fixées au dos de la bibliothèque.

« Voyons voir, fit-elle. Oh ! Voilà qui est intéressant. Testament de Florence Natalie... Et c'est mon nom sur ce classeur ! Et là ? Qu'est-ce que je lis ? Norman !

– Quoi ? s'écria l'intéressé. Qu'est-ce que j'ai fait ? »

Regan regarda autour d'elle. Un livre posé sur une table lui parut familier. Elle s'avança et découvrit au-dessus d'une pile d'objets – romans, disques, photos de stars dédicacées – une feuille de papier où figurait l'inscription VENTE AUX ENCHÈRES EN LIGNE en rouge. Elle prit le livre de sa mère et tapa sur l'épaule de Petunia.

« Oui ? fit la manucure en se détournant de Zelda et sa fille en train de se disputer.

– Vous aimez ses livres ?

– Beaucoup.

– C'est ma mère. »

Pour la troisième fois, Petunia ne put retenir son cri.

Des bruits de pas se firent entendre dans les escaliers. Deux policiers apparurent.

« Monsieur, vous êtes en état d'arrestation pour excès de vitesse… »

C'est fini, Rich, pensa Regan. Te voilà fait comme un rat.

46

La police passa la maison au peigne fin et confisqua le magot et les dossiers cachés dans le placard du sous-sol. Petunia put, en revanche, garder les objets de sa vente aux enchères.

« J'ai dit à Maggie qu'on repasserait à l'entrepôt, annonça Regan à Jack, Zelda et Norman tandis qu'ils remontaient dans la Mercedes. On pourrait y trouver des preuves contre Rich et Heather.

– Plus on en aura, plus leur dossier sera chargé ! s'exclama Norman. J'ai hâte de les voir au tribunal. »

Maggie courut à leur rencontre à la seconde où ils apparurent dans l'encadrement de la porte.

« Rich et Heather ont pris la tangente, dit-elle à voix basse. Ils ont prétexté un imprévu mais le réalisateur ne les a pas crus. Gladys a appelé un taxi et s'est éclipsée dans la foulée. Une des filles de l'équipe technique a dû la remplacer pour jouer avec moi. On a presque fini.

– Où est le bureau ? demanda Regan.

– Au fond. Suivez-moi. »

Prenant soin d'éviter les câbles qui jonchaient le sol, ils traversèrent le hangar en silence. Dans le coin opposé, un comédien tout sourires brandissait un flacon de vitamines sous la lumière des projecteurs. Tu perds ton temps, pensa Regan.

Maggie ouvrit la porte du bureau et alluma.

Sous la lumière crue du plafonnier apparut une petite pièce aux murs en béton nu, meublée de quatre chaises et d'une table où se trouvaient deux gobelets vides.

« Ils ont tout débarrassé, dit Regan. À part leurs gobelets.

– Ce n'est pas là-dedans qu'on va trouver des traces de somnifère, commenta Norman en faisant la moue.

– *Okay, c'est dans la boîte !*

– C'est Frank, le réalisateur, dit Maggie. Il est vraiment sympa. Je suis désolée pour lui.

– Vous voulez bien nous présenter ? demanda Regan.

– Pas de problème. »

Vêtu de jeans, d'un tee-shirt noir et d'une casquette de base-ball, Frank Bird, qui avait gardé son minois d'éternel adolescent, n'en était pas moins séduisant. Il salua Regan et les autres chaleureusement malgré son air soucieux et stressé. Apprendre que Rich et Heather venaient d'être interpellés ne l'aida pas à se détendre. « Je le savais ! dit-il en croisant les bras. Et ces gens qui ont bossé ici aujourd'hui, qui va les payer ?

– On ne les laissera pas tomber », répondit Zelda.

Frank se tourna et sembla voir Zelda pour la première fois.

Elle a quelque chose de spécial, cette fille, pensa-t-il. Elle est drôlement jolie, en plus !

« Tout ça aurait pu très mal finir, poursuivit Zelda. Et si j'organisais une fête de fin de tournage à la maison demain soir, histoire de trinquer tous ensemble à l'arrestation de Rich et Heather ?

– Je serai là, répondit Frank en lui touchant le bras.

– Super ! Allons parler à votre équipe et aux acteurs. »

Dans la voiture, Zelda regarda l'heure. « Mon père a dû arriver au manoir il y a un bon moment. J'espère que ça va.

– On est tout près », répondit Jack.

Assis sur la banquette arrière, Norman jubilait, imaginant Rich dans une cellule froide et humide.

Jack venait à peine de quitter l'autoroute quand il reçut un appel de son bureau à New York. Il s'arrêta sur le bas-côté puis décrocha.

« Allô ?

– Jack, c'est Tom.

– Salut ! Alors, qu'est-ce que tu as trouvé ?

– Concernant Rich Willowwood, son casier est vierge...

– Plus pour longtemps !

– Je te fais confiance ! dit Tom en riant. Casier vierge également pour Bobby Jo Bartinger. Cela dit, il y a des choses à dire à son sujet.

– Attends un instant. » Jack informa brièvement les autres de la situation. « Okay, Tom, ça t'ennuie si je mets le haut-parleur ?

– Pas du tout. »

Zelda retint son souffle.

« Après ton coup de fil tout à l'heure, j'ai parlé avec ma femme. Elle adore surfer sur le Net ; elle y passe tellement de temps qu'elle y trouve des infos surprenantes parfois !

– Qu'a-t-elle découvert ?

– Apparemment, le grand-père de Bobby Jo est tombé plusieurs fois pour braquage à main armée au Nouveau-Mexique. Sa famille a préféré prendre ses distances – ce qui se comprend : personne n'a envie d'être associé à un malfrat, surtout dans les petites villes. Les gens font vite l'amalgame. Ma femme a lu tout ça dans un article paru il y a trente ans dans un petit journal local. Dans le nord de la Californie, je crois. Le journaliste a pu parler avec la mère de Bobby Jo sur son lit de mort. Elle lui a raconté que son père leur avait fait une vie impossible. Bobby Jo était là aussi, au chevet de sa mère. Elle venait de perdre son mari dans un terrible accident et lui avait confié que pour elle, l'amour, c'était fini.

– Ouah, fit Jack.

– À mon avis, ces femmes étaient loin de se douter que tout le monde pourrait lire leur histoire sur le Net trente ans plus tard. Ma chère et tendre dit que connaître le passé des gens aide à comprendre ce qu'est vraiment leur vie.

– Elle n'a pas tort, répondit Jack. Merci Tom. Tu remercieras aussi ta femme.

– Oui, dit Zelda. Remerciez-la bien. »

De retour au manoir, ils trouvèrent le père de Zelda et Bobby Jo dans la cuisine en train de déballer des sacs de provisions tout en papotant gaiement.

« Zelda, bonjour ! s'écria Bobby Jo avec un grand sourire. Il n'y avait rien dans le réfrigérateur ; j'ai dit à ton père qu'on devrait aller faire des courses. J'espère que ça ne te dérange pas ?

– Pas le moins du monde, répondit Zelda en s'approchant pour lui faire la bise.

– Vous devez être affamés ! Je vais vous préparer un petit quelque chose ! »

Samedi 6 octobre

47

Après une bonne journée de repos, Regan et Jack prirent la route pour rejoindre le domaine des Scrump où devait avoir lieu la fête organisée par Zelda. Ils filaient sur Sunset Boulevard quand Regan manqua s'étrangler en apercevant un panneau publicitaire.

« Qu'est-ce qu'il y a ? » demanda Jack en jetant un œil à l'affiche qui vantait la dernière voiture de luxe avec, à son volant, un jeune homme branché qui portait une barbe de trois jours et souriait jusqu'aux oreilles. « C'est Griff ?

– Oui. On ne la verra pas longtemps, cette pub. »

Plus tôt dans la journée, la police les avait informés que Griff était passé aux aveux : il volait régulièrement des voitures pour les revendre à un garagiste véreux qui les désossait et alimentait le marché clandestin des pièces détachées. Voyant que Regan était allée droit au bureau de la sécurité après avoir repéré son manège dans le parking du centre commercial, il avait paniqué : son visage serait bientôt placardé dans toutes les rues du pays à cause de cette maudite publicité, et Regan pourrait l'identifier. L'enquête qui s'ensuivrait mènerait jusqu'à lui et à ses complices. Ces gens-là n'étaient pas tendres ; à n'en pas douter, ils lui feraient payer les pots cassés !

Au manoir, les préparatifs de la fête battaient leur plein. Les extras envoyés par le traiteur dressaient les hors-d'œuvre tandis que Zelda, Norman et Bobby Jo s'occupaient de régler les détails de dernière minute.

Zelda, qui avait aussi reçu un appel de la police, avait demandé à Regan et Jack d'arriver de bonne heure. Elle tenait à ce qu'ils soient présents lorsque les inspecteurs arriveraient. Ces derniers avaient déjà parcouru les documents saisis chez Petunia et souhaitaient examiner plusieurs points avec elle.

Les enquêteurs ne se firent pas attendre.

« Bobby Jo, pouvez-vous appeler mon père ? Il y a visiblement du nouveau ; je voudrais qu'il soit là.

– Bien sûr. Il doit être prêt à l'heure qu'il est. »

Les inspecteurs, Cal Spiedel et Donald Oppelt, suivirent Jack et Regan dans le salon où un karaoké avait été installé.

« Ça va être une super-fête, fit remarquer Spiedel.

– Nous sommes tous là, annonça Zelda tandis que Norman, son père et Bobby Jo s'asseyaient.

– Je sais que nous sommes samedi soir, commença l'inspecteur, mais nous avons pensé que ça vous intéresserait de savoir où nous en sommes.

– Vous avez bien fait, répondit Zelda.

– D'abord, il apparaît clairement que Rich Willowwood et Heather Hedges n'en sont pas à leur première combine. Ils sont même allés très loin pour se remplir les poches. » Il ouvrit un classeur. « Florence Natalie a laissé des lettres que Rich et Heather, en tant que coexécuteurs testamentaires, auraient dû vous donner. Il y en a une pour vous, Zelda, et une pour Norman.

– Moi ? s'écria Norman. Ah, non ! J'ai trop peur de la lire.

– Inutile, croyez-moi, répondit Spiedel en souriant et en leur donnant à chacun une enveloppe.

– On peut en prendre connaissance maintenant ? demanda Zelda.

– Bien sûr.

– À toi l'honneur, Norman.

– D'accord. » Il déplia une vieille feuille de papier à lettres dont l'en-tête était décoré d'une gravure. « Vous avez vu ce dessin ? On dirait la maison.

– Qu'est-ce qu'elle dit ? » s'impatienta Zelda.

Norman se racla la gorge.

Cher Norman,

Je regrette que nous ne soyons pas devenus amis vous et moi, mais il faut reconnaître que je suis un peu sauvage. Après le décès de mon mari, j'ai préféré rester dans mon coin. Nous avons eu tant de belles années ensemble qu'aujourd'hui, vivre avec mes souvenirs me suffit.

Nous avons passé cinquante ans dans une jolie maison à flanc de colline où nous avons donné mille réceptions ! Quelle insouciance ! Nous chantions et dansions jusqu'au lever du soleil et buvions du champagne au petit-déjeuner !

Quand mon mari m'a quittée, je n'ai pas voulu y rester. Pas voulu ou pas pu. Continuer d'espérer le voir passer le seuil de la porte était trop douloureux. Alors, je suis partie. Mais l'idée de vendre la maison m'était insupportable. J'y suis souvent revenue, avec mon chien (désolée pour vos courses !). Marcher dans les collines, entrer dans chaque pièce, m'asseoir au salon – me souvenir des jours heureux.

Nous n'avons jamais eu d'enfants. Il me faut donc décider quoi faire de mes biens. Parfois, quand je passe devant chez vous, je vous entends chanter. Un jour, votre porte était ouverte ; je n'ai pas pu m'empêcher de jeter un œil à l'intérieur ! Votre appartement a l'air si accueillant, si agréable.

Norman, je suis heureuse de vous léguer ma maison, le domaine des Scrump…

Abasourdi, Norman interrompit sa lecture. « C'est une blague ?

– Lis ! » ordonna Zelda.

Norman remonta ses lunettes avant de poursuivre.

… et j'espère que vous lui redonnerez son éclat d'antan. Le terrain s'étend sur toute la longueur de la rue. Je ne crois pas que construire une ou deux maisons dessus enlaidisse les lieux. Vendre une parcelle vous permettra de vivre là-bas. Consacrez-vous ensuite à la chanson ! Vous avez une voix superbe !

Bien à vous,

Florence Natalie

P.-S. Vous devriez apprendre à aimer les chiens ; ce sont de formidables compagnons.

« Mais j'aime les chiens ! s'écria Norman. J'aime vraiment les chiens. » Il enleva ses lunettes et s'essuya les yeux. « C'est chez moi, ici. N'est-ce pas magnifique ? J'adore cet endroit ! »

Tout le monde se mit à rire.

« Norman, c'est super ! dit Zelda.

– Vraiment super, fabuleux, génial..., renchérirent les autres.

– Rich et Heather ont failli réussir leur coup ! Comment s'y sont-ils pris ? demanda Regan aux deux inspecteurs.

– Ils ont rédigé un faux testament qui n'incluait pas la maison et créé une SCI à laquelle ils ont transféré le titre de propriété. Mais ils n'ont pas détruit le vrai qu'on a trouvé dans ce fameux placard avec ces deux lettres. Les deux testaments sont datés du début de l'année dernière. Dans la mesure où Florence Natalie n'avait pas d'héritiers, Rich et Heather ont pensé que personne n'irait regarder le faux à la loupe.

– J'espère que ces deux-là vont croupir en prison, murmura Norman.

– Savez-vous comment ils ont rencontré Florence ? demanda Zelda. Et depuis combien de temps ils se connaissaient ?

– Oui. Heather tenait un journal où elle notait tout dans les moindres détails. Une femme très organisée ! Apparemment Florence Natalie avait rédigé un testament à la mort de son mari, il y a onze ans. Elle avait prévu de léguer sa fortune à une organisation caritative qui a eu très mauvaise presse l'année dernière. Un journaliste a révélé qu'entre les salaires qu'ils se versaient et les bonus qu'ils s'octroyaient, les administrateurs empochaient des sommes astronomiques. Florence a donc décidé de modifier son testament. Son avocat étant décédé, elle a tout simplement ouvert les Pages Jaunes et appelé le premier cabinet spécialisé dans la succession qu'elle a trouvé. Elle est tombée sur Heather qui a choisi de traiter le dossier sans en informer ses collaborateurs. Miss Hedges s'est sans aucun doute présentée comme une conseillère juridique inestimable. Elle n'a eu qu'à placer son fiancé comme conseiller en investissements, et le tour était joué. Quand Mrs Natalie est morte six mois plus tard, tous deux étaient ses exécuteurs testamentaires.

– Elle n'avait pas de conseiller financier avant de rencontrer Rich ? demanda Jack.

– Non. Son mari avait toujours tout géré lui-même. Il avait liquidé tous leurs investissements avant de mourir. Elle n'a jamais eu à s'occuper d'autre chose que de payer ses factures.

– Et Gladys, alors ? demanda Zelda. Elle ne travaillait pas pour Florence ?

– Eh non, répondit Spiedel. Gladys bossait dans le même cabinet que Heather. Elle s'était fait licencier pour mauvaise gestion des comptes. Heather et Rich l'ont recontactée après avoir rencontré Mrs Natalie et lui ont offert une jolie somme pour certifier l'authenticité des deux testaments. Ensuite, ils lui ont confié la comptabilité des affaires de Zelda.

– Voilà qui explique son refus systématique de parler de Florence ! s'écria Zelda. Je ne pouvais pas prononcer son nom sans qu'aussitôt Gladys dise que ça lui faisait vraiment trop de peine de penser à sa vieille amie. Quelle comédienne !

– Je me demande comment Heather et Rich se sont rencontrés, dit Regan.

– Ça aussi, c'est dans le journal de Heather, répondit Oppelt avec un petit sourire en coin. Ils ont fait connaissance il y a deux ans lors d'une soirée réseau – vous savez ces rencontres de professionnels qui servent à se faire des contacts.

– Réseau, contacts ! Aujourd'hui, tout se résume à ça, commenta Regan.

– Ces deux-là se sont bien trouvés, dit Spiedel. Un expert en finance et une juriste, le couple parfait pour monter des escroqueries. Ils n'en étaient qu'à leurs débuts mais ils avaient déjà lancé plusieurs produits en ligne, dont un masque de sommeil censé réduire les rides. Plutôt drôle, non ?

– Attendez une minute, intervint Zelda. Si je comprends bien, Rich et Heather ont mis la maison à la disposition de *Solidarité Enfance* pour leur vente aux enchères ? Vous savez pourquoi ?

– C'est une amie de Heather qui gère l'association. Une ancienne amie, plutôt. Heather s'est vantée auprès d'elle d'administrer une succession comprenant une propriété dans les collines de Hollywood. Elle lui a proposé de s'en servir comme lot pour sa vente aux enchères en lui promettant de se charger du grand ménage qui s'imposait. Ce qu'elle n'a bien sûr jamais fait. J'ai parlé avec cette personne aujourd'hui et je vous assure qu'elle n'est pas très à l'aise avec toute cette histoire.

– Je comprends mieux pourquoi personne n'était là pour m'accueillir », s'exclama Zelda. Puis se tournant vers Regan : « C'est invraisemblable !

– Je ne te le fais pas dire. Mais, tu devrais lire ta lettre toi aussi.

– J'ai déjà touché l'argent de Florence ; on ne devrait pas avoir de grosses surprises. D'ailleurs, je me demande : pour quelle raison Rich et Heather m'ont versé ces huit millions ? demanda-t-elle aux inspecteurs.

– Ils croyaient que Florence Natalie vous avait informée de ce qu'elle vous léguerait à sa mort.

– J'ai eu de la chance, alors !

– Allez, lis ta lettre, dit Norman.

– D'accord. »

Chère Zelda,

Je vous serai éternellement reconnaissante d'avoir proposé de sortir mon chien ! Mon petit Porgie ne l'oubliera pas non plus !

Je ne saurais vous dire le plaisir que j'ai eu à vous voir participer à ce jeu télévisé ! Quel dommage que vous ayez perdu ! Et surtout, quelle injustice ! Votre partenaire n'a cessé de vous donner des indices à la noix ! Vous avez pourtant fait preuve d'une incroyable bienveillance à son égard – ce qui m'a impressionnée. La jeune fille qui est passée avant vous avait l'air furieux…

« Je plaide coupable » ! l'interrompit Regan en levant la main, ce qui provoqua un éclat de rire général.

« J'aurais voulu voir ça », dit Jack en lui tapotant le bras.

Zelda poursuivit sa lecture :

...mais je dois avouer que j'aurais eu la même réaction qu'elle.

« Ah, vous voyez ! s'exclama Regan. Elle m'a laissé des sous ?
– Je ne crois pas, répondit Zelda en riant.
– Tu vas lire jusqu'au bout, oui ? » s'impatienta Norman.

Je vous lègue ma fortune, qui devrait s'élever à huit millions de dollars après impôt. J'espère que vous saurez apprécier la liberté que l'argent procure : celle de réaliser ses rêves. Je ne doute pas que vous aurez à cœur, avec vos moyens, de changer ce qui peut l'être en ce bas monde.

Bien à vous,

Florence Natalie

P.-S. Si vous voulez en savoir davantage sur ma vie, interrogez Norman. Je lui ai écrit en premier ; je n'ai plus la force de continuer à présent.

« Ouah, fit Zelda. Incroyable, non ? »
On sonna à la porte.
« Vos invités arrivent, dit Spiedel. Nous tenions à vous informer de ce que nous avions découvert, mais l'enquête commence à peine. Nous vous tiendrons au courant. En attendant, amusez-vous bien !
– Comptez sur nous ! » répondit Norman.
Au même moment, tout de noir vêtu et irrésistiblement séduisant, Frank Bird fit son apparition dans le salon. Il sem-

blait beaucoup moins stressé que la veille et sourit de toutes ses dents en voyant Zelda. « Je ne suis pas en avance, j'espère.

– Pas du tout ! » répondit la maîtresse de maison, les yeux pétillants. Puis s'avançant vers lui : « Vous arrivez à point nommé ! »

Jack se tourna vers Regan. « Ah, mon amour ! Je crois que nous avons bien mérité quelques jours de vacances ! On peut toujours décoller demain matin, non ? Reste à savoir où on va : le pays du vin ou Baja ?

– Peu importe, répondit Regan. L'essentiel, c'est d'être ensemble. »

REMERCIEMENTS

Un grand merci à tous ceux qui ont joué un rôle dans les dernières aventures de Regan :

Mon éditrice, Roz Lippel, à qui je dédie ce livre. Comme toujours, ton travail, ton dévouement et ton soutien me vont droit au cœur.

Gypsy da Silva, directrice adjointe de la préparation de copie.

Rex Bonomelli, directeur artistique.

Lisa Erwin, chef de fabrication.

Jessica Lemp, assistante d'édition.

Carla Jayne Jones, designer graphiste.

Esther Newberg, mon agent.

Je tiens également à remercier mes lecteurs – ceux que je rencontre en tournée promotionnelle ou dans ma vie à New York. Rien ne me fait plus plaisir que d'évoquer avec vous les prochaines aventures de Regan et Jack. Vos suggestions me sont toujours précieuses ! Vos commentaires toujours plaisants ! Mais aussi tous ceux qui laissent les Reilly entrer dans leur monde, contribuant ainsi à leur donner vie.

Du même auteur
Aux Éditions Albin Michel

PAR-DESSUS BORD
L'ACCROC
BIEN FRAPPÉ
SUR LA CORDE
LES YEUX DE DIAMANT
PAS DE VEINE
CHUTE LIBRE
LE COLLIER VOLÉ
FOR EVER
IRISH-COFFEE
ZAPPING
AU VOLEUR !
TEMPÊTE SUR CAPE COD
AFFAIRES DE STAR !

En collaboration avec Mary Higgins Clark

TROIS JOURS AVANT NOËL
CE SOIR JE VEILLERAI SUR TOI
LE VOLEUR DE NOËL
LA CROISIÈRE DE NOËL
LE MYSTÈRE DE NOËL

Composition Nord Compo
Impression CPI Bussière en mars 2013
à Saint-Amand-Montrond (Cher)
Éditions Albin Michel
22, rue Huyghens, 75014 Paris
www.albin-michel.fr

ISBN : 978-2-226-24824-4
N° d'édition : 20490/01. – N° d'impression : 2001368.
Dépôt légal : avril 2013.
Imprimé en France.